문학과 정치 사상

(1800-1870)

폴 프티티에

(투르대학 교수)

이종민 옮김

東 文 選

문학과 정치 사상

(1800-1870)

PAULE PETITIER

Littérature et Idées Politiques au XIXe Siècle
1800−1870

차 례

■ 서 론 7

제 I 부 문학의 혁명

1 정치가 문학에 침투한다 13
1. 대혁명과 함께 찾아온 근대 정치의 탄생 13
2. 왜 문학은 정치에 연결되어 있는가? 26

2 현실 참여, 환멸, 그리고 저항 36
1. 프랑스 대혁명에서 1830년까지: 현실 참여 36
2. 1830년에서 1848년까지: 단절 47
3. 1848년 : 정치에서의 작가들 63
4. 제2제정 : 탈정치화? 66

3 미학적 · 정치적 운동 73
1. 문학 이론의 갱신 73
2. 자유주의와 나에 대한 표현 75
3. 왕정복고하에서의 낭만주의와 고전주의의 논쟁 76
4. 예술을 위한 예술 82
5. 예술과 국민 86
6. 사실주의 91

4 정치와 문학 장르 95
1. 시 95
2. 연 극 108

3. 소 설 ··············· 114

제Ⅱ부 문학 텍스트에서 다양한 모습으로
존재하는 정치 사상

5 등장인물 ··············· 121

1. 정치적 인물의 유형들 ··············· 121

2. 등장인물들의 체계 ··············· 133

3. 사랑과 운명 ··············· 138

6 공간과 시간성 ··············· 143

1. 공간의 정치화 ··············· 143

2. 시간의 정치화 ··············· 151

7 목소리 ··············· 164

1. 화자-정치적 대변인 ··············· 165

2. 등장인물들을 통해 본 정치 사상의 대화 ··············· 168

3. 국민의 목소리 ··············· 172

4. 언어와 정치 사상 ··············· 174

결 론 ··············· 178

정치적 · 문학적 사건 연대표 ··············· 181

참고 문헌 ··············· 183

역자 후기 ··············· 187

서 론

"그런데 자넨 어떤 정치적 견해를 갖고 있나?"
"그야!" 하고 마리우스는 그런 질문에
약간 기분이 상한 듯 말했다.
"그럼 무슨 파인가?"
"민주적 보나파르트파지."
"안심할 수 있는 회색파로군" 하고
쿠르페릭은 말했다.
《레 미제라블》

19세기의 문학 텍스트를 살펴보면, 사건이나 현대의 정치적 논쟁에 대한 암시와 이른바 정치사상가의 이론들, 그리고 정당 정책에 대한 언급을 포함하지 않은 텍스트는 거의 존재하지 않는다. 이는 여러 가지 기록(《죽음 저편의 회상》을 예로 들 수 있다)과 소설 속에서 명확히 드러난다. 소설은 때로는 심지어 동시대의 정치적 음모를 주요 주제(《뤼시앵 뢰뱅》·《아르시의 국회의원》)로 삼기도 한다. 19세기의 정치적 풍경과 거기에 등장하는 배우들, 그들의 사상과 투쟁, 그리고 그들 사이의 강제적인 관계* 모두를 무시한다면 등장인물과 대단원, 내레이터의 아이러니, 이야기가 자아내는 고발 사이에서 나타나는 관련성의 도박을 어떻게 이해할 수 있단 말인가?

여기서는 단지 문학만이 문제가 되는 것은 아니다. 특히 정치화되거나 민감한 몇몇 작가들, 즉 동시대의 경향에 물들어 리얼리즘에 관심을 기울인 작가들만 문제가 되는 것도 아니다. 나아가 시는 현실에 참여함으로써 스스로 정치적 대변자가 되고자 했던 듯하다. 문학과 정치 사이에서 대혁명이 확립한 새로운 관계를 통해 재숙고되고 재주조되지 않은 장르란 거의 존재하지 않는다. (그리고 주요한 장르는 존재하지 않는다.) 정치적 사상이나 정치에 관한 개인적 의견을 지니지 않은 작가란 없다. 그리고 자신의 문학 활동을 구상하는 방식으로서 그것들을 고려하지 않는 작가도 없다. 정치란 예술의 보류된 영역을 그것에 맞서 옹호하는 경우, 부정적인 형태로서 여전히 존재한다. 현세기에 있어서 미학적 편견은 직접적이든 간접적이든 정치적인 선택과 반응에 결부되어 있다.

그럼에도 19세기의 정치 사상에 관한 이러한 역사적 지식은 방법론적인 대비책을 갖추어야 한다. 실상 그것은 문학 텍스트에 결코 곧바로 적용되지는 않는다. 정치 사상은 문학과 그의 사회적 목적, 시인의 역할, 그리고 미학적 원리라는 개념의 기초를 이룬다. 정치 사상은 창조자가 하나의 장르와 보급 방식, 그리고 수취인을 선택하면서 지배할 수 있는 수신이라는 부분에 특히 영

＊ 연속적으로 들어선 19세기의 여러 정치 체제들에 대한 인식은 우리가 앞으로 언급할 제반 현상들을 이해하는 데 있어서 반드시 필요한 것이다. 따라서 우리는 기본적인 사건들과 몇몇 시대의 일관성을 두드러지게 할 목적으로 19세기의 총합적인 연대표를 제시하고자 한다. 보다 상세한 연대표를 제시하기 위해 우리는 예로서 《프랑스 문학사》(Éditions Sociales, 제7 · 8 · 9권, 1976 · 1977년)의 연대표를 참조할 수 있을 것이다.

향을 미친다. 그러나 미학을 향한 정치적 이론의 이동은 그 이론을 심오하게 변화시키지 않고서는 제대로 이루어질 수 없다. 문학 텍스트에 통합된 정치 사상은, 그것이 헌법에 의해 정해진 어느 정당으로의 가입을 표명하는 이상으로 더욱 비판적인 역할을 수행한다. 19세기의 위대한 작가들은 정당에 참여한 사람들도 아니었고, 심지어 가장 현실 참여적인 사람들도 아니었으며, 정당들이 늘상 그들을 인정했던 것도 아니다. (위고가 1830년에 스스로 자유주의자라고 선언했을 때, 자유주의자들은 그것을 원치 않았다.) 설사 그들이 정당인들이었다 하더라도 그들의 미학의 정치화는 단절의 태도와, 현대의 정치 생활에서 존재하는 정당들과의 부적절한 관계를 보다 장기적으로 동반하거나 촉발한다.(바르베 도르비이) 이 작가는 무엇보다도 세계에 대한 비전을 구성할 수 있는 제반 도구를 정당들에 제공한다.

문학 텍스트 속에서 정치 사상은 역사적인 줄거리와의 관련하에 그 자체를 위해 표현된다. 그러나 정치 사상은 창작 작업을 통해 변화되고, 최소한의 대비책도 없다면 거기에서 얻을 수 있는 문학 외적인 지식에 결코 부합될 수도 없다. 예로서, 글을 쓰는 순간과 텍스트에 표현된 시기(발자크는 7월 왕정하에서 《인간 희극》 등의 소설들을 집필했지만, 그 중 상당수의 소설 속에서 왕정복고의 정치를 등장시켰다) 사이에는 무시할 수 없는 어떤 간격이 있음을 잊지 말아야 한다. 이전 시대의 정치 사상에 대한 표현은 반드시 그 사상의 변천에 대해 작가가 지니고 있는 지식의 영향을 받기 마련이다. 말하자면, 발자크의 극단론자들은 1830년의 그들의 실패를 비방하는 모니터를 통해 비쳐지는 것이다.

또 생각해야 할 것은, 그러한 정치적 견해의 표현이 정치적 신념을 가지고 있는 작가 자신의 시선에 의해 포착된다는 사실이다. 스탕달의 정통 왕당파는 스탕달의 자유주의적인 시선으로 바라본 정통 왕당파인 것이다. 문학 텍스트는 정치 사상에 대해, 실제적인 등장인물이 줄거리에 놓여져 있을 때 겪게 되는 똑같은 변화를 받아들이도록 한다. 그 두 가지의 경우에서 우리는 어떤 정확한 기준을 정할 수 없을 것이다.

19세기의 문학은 정치 사상을 등장시켜 그것을 현대 생활의 실제적인 구성 요소로서 진지하게 받아들인다. 그러나 이런 사실에도 불구하고 문학은 문학이기 때문에, 정치 '사상'이라는 개념의 한계에 관해 의문을 가질 수밖에 없을 것이다. 이에 관한 타당성을 암암리에 다루지 않은 텍스트란 없다.

즉 문학 텍스트는,

— 담론과 상호 관련성의 작용을 은폐하는 기호 시스템만을 다룬다는 것,

— 정당의 고유한 '사상'들 중 어떠한 사상도 현실적으로 정치적인 사고에 부합하지 않는다는 것(실제로 구현된 정치와 이야기를 서술하는 작가의 담론 사이의 차이. 작가는 현실적인 정치적 사고를 열망한다),

— 정치 사상은 추상적이고 자율적인 방식으로 독자적으로 존재하는 것이 아니라 이따금 생활 방식, 말하자면 거의 문명 상태의 왜곡된 부분적 표현이라는 것을 보여 주면서 그러한 타당성을 다루고 있는 것이다.

제I부
문학의 혁명

1

정치가 문학에 침투한다

1. 대혁명과 함께 찾아온 근대 정치의 탄생

앙시앵레짐으로부터 대혁명으로

• 앙시앵레짐하에서 프랑스는 국왕이 신의 은총을 통해 자신의 권력을 받아들이는 신권의 원리에 바탕을 둔 절대왕정의 체제였다. 통치권은 완전히 국왕에게 장악되어 있었다. 따라서 직설적으로 정치란 오로지 군주의 일이었다. 이러한 전제정치는 정치적 특권의 공유와 분산(각 지방과 영주들·교회 사이의)이라는 이전의 상태와 대립되는 것이었다. 왕권의 강화는 국왕의 개인적인 정부와 함께 17세기에 최고점에 도달하는 정치적 생활 방식의 수축을 초래했다.

18세기 후반부에 들어서서, 국왕이 정치적 역할을 박탈했던 일단의 그룹들과 단체들이 예의 호전성을 회복한다. 귀족 계급은 다시 권력을 쟁취하려 나서기 시작한다. 그들은 정부를 독차지하고, 관료 사회와 교회·군대의 고위직을 독점한다. 루이 16세 치하에서 복원된 고등법원의 멤버들 역시 자신들의 특권을 옹호하면서 대혁명의 발단에서 중요한 역할을 담당했던 귀족들의 이러한 반항에 가담하게 된다.

따라서 앙시앵레짐의 말기에는 전제정치에 반대하는 두 가지 주요한 흐름이 활성화되기 시작하는데, 하나는 귀족층의 움직임이었고, 또 다른 하나는 부르주아층의 움직임이었다. 귀족층의 움직임은 국왕의 행정권에 의해 폐지된 옛 프랑스의 '자치권'의 이름으로 정치적 생활 방식을 통해 귀족층에게 그들의 몫을 되돌려 줄 수도 있을 군주제의 개념을 옹호했다. 부르주아층의 움직임은 그들에게 있어 자연법에 속하는 것으로 생각되는 자유의 이름으로 공적인 관심사에 대한 국가의 현실적 참여를 요구했다. 물론 대혁명에 의해 수정된 두 가지 흐름은 19세기의 정치적 사고에 있어서 커다란 두 파벌을 형성하게 된다.

• 1789년의 대혁명은 프랑스의 정치적 생활 방식의 토대를 완전히 뒤집어 놓았다. 원칙적으로 정치는 모든 사람들의 관심사가 되었다. 몇몇 이론가들에 의하면 통치권은 국가에 있었고, 또 다른 이론가들에 의하면 통치권은 국민에게 있었다. 국민이든 국가든 통치권을 위임할 수 있지만, 국민과 국가는 여전히 통치권의 근원이었다. 따라서 공적인 관심사에 흥미를 갖고, 체제가 허용하는 정도에 한해서 그 관심사에 참여하는 일이 각자의 권리이자 의무가 되었다. 그러나 19세기가 경험한 체제의 모든 변화에도 불구하고, 그리고 이 시기를 거치면서 민주주의의 원리가 겪은 가혹한 상처에도 불구하고 이러한 생각이 심각하게 재검토의 대상이 된 적은 결코 없었다. 가장 권위적인 체제들은 그들의 정통성을 그다지 확립하려 애쓰지 않았다. 예로서, 제2제정은 보통선거를 부활시켰다. 이러한 민주적 개념이 사회로 침투함으로써 그 사회가 스스로 생각하는 방식으로의 심오한 변화가 예상되고 있었던 상황이었다.

정치의 시대

열기가 모든 이들을 붙들고 있습니다. 그래서 외부의 반응으로부터 격리될 수 있는 뾰족한 방법이 없군요……. 지금과 같은 시기에는 더 이상 예술도, 연극도, 시도 없습니다. 의회·나라·국가, 이것 말고는 아무것도 존재하지 않습니다. 사람들은 마치 숨을 쉬듯이 정치를 논하고 있지요. (라마르틴에게 보내는 위고의 편지, 1830년 9월 7일)

19세기 초엽의 정치는 근대 사회를 구성하는 중요한 요소가 되었다. 정치가 사람들의 일상 생활과 대화, 그리고 그들의 야심에 침투하기 시작했다. 《감정 교육》에서 로크 양이 프레데릭에게 자신을 잊었다고 책망하자, 프레데릭의 머리에 떠오른 가장 그럴 듯한 변명은 "정치를 공부하고 있었다"라는 것이었다. 빌멩은 여기서 현대 문화를 조직하는 원리를 파악한다. 말하자면, 마치 '중세에 모든 것이 신학으로 해석되듯이' 이제는 '모든 것이 정치로 해석되고' 있었던 것이다.

• 1830년은 한 여정의 마침표를 찍는다. 왕정복고 기간 동안, 부르주아층이 자신들의 정치적 정복——귀족층에 의해 진지하게 재검토되고 있었던——에 대해 여전히 부담을 느끼고 있었음에도 불구하고, 7월 혁명의 '영광의 3일간'〔1830년 7월 28·29·30일〕은 결정적으로 부르주아층의 지배권을 확립시켜 주었다. 그리하여 가장 근대적이며 가치가 떨어지는 의미로서의 정치의 시대가 열리게 된다. 그런데 정치적 상이성은 파벌과 패거

리들 사이의 내부적인 경쟁 관계와, 서로 다른 체제들로 이루어진 수혜 계층들 사이의 대립만을 반영하고 있을 뿐이었다. 문제는 부르주아층 내부에서 권력을 어떻게 공유하느냐 하는 것이었다. 1848년의 사회주의적 경험을 한 몇 달 후 눈부실 정도로 급속히 보수파가 재구성되었으며, 보수파의 재구성은 이러한 수정을 명백하게 설명하고 있을 뿐이다.

모든 사람들의 정신에 침투하고 있던 정치는 또한 모든 문제를 제기하고 있었다. 정치적 생활 양식에 대한 역사는 르네 레몽이 쓴 것처럼, 이 시기에는 일반사와 혼동되는 경향을 보이고 있었다. 인간사의 총괄적 불안에 집중된 미학으로서의 낭만주의는 정치와 인간의 활동이 펼쳐지는 모든 분야의 이렇듯 분리될 수 없는 성격을 강조하고 있다.

• 그러나 정치가 지속적으로 등장하고 있었다 하더라도, 언제나 똑같은 방식으로 이루어지고 있지는 않았다. 19세기의 정치적 삶은 질서의 시대라든지, 혹은 격렬한 동요의 시대로 분명하게 구분되지는 않는다. 혁명적인 흥분의 시기가 지난 후, 제1제정은 어떻게 보면 정치적 논쟁을 마비시켰다고 할 수 있다. 의회 제도(입법부·상원)에 대한 약속이 여전히 지속되고 있었지만, 권위적인 체제와 모든 분야에서의 검열권이 나폴레옹의 선택에 반대되는 정치적 견해의 표명을 금지하고 있었던 것이다. 권위적인 제2제정도 1852년부터 1860년까지 모든 다양한 정치적 견해의 표현을 깔아뭉개 버렸다.

프랑스는 이러한 두 어둠의 순간 사이에 회합과 신문에서 정치적 논쟁이 견해의 다양성과 정당들——서로 충돌하고 있던——의 열정을 반영하는 시대들을 경험한다. 이 시대들은 각각 나름대로의 고유한 사회와 정치적인 공간을 소유하고 있었으므로 서로가 유사성이 없었다. 왕정복고는 두 개의 블럭, 즉 과격 왕당파와 자유주의자들의 철저한 반목으로, 그리고 비밀결사의 적극적인 행동주의로 특징지어진다. 7월 왕정과 함께 도박은 더 이상 정치적 범위에 위치하지 않는다는 인상을 받게 된다. 부르주아층은 권력에 안주했고, 정치적 풍경은 부르주아층 정당들의 분산으로 구성되어 있었다. 그 정당들은 다소간 보수적이거나 자유주의적인 경향을 보였지만, 부르주아층이 여전히 권력에 머무른다는 조건으로 결성되어 있었다. 이 정치적 계급과, 토크빌이 1848년에 말한 바와 같이 '사회와 경제의 구조 자체를 전복'하고자 하는 사회적 세력들 사이에서 투쟁이 예견되고 있었다. 7월 왕정의 정치적 기후는 그 시초부터 노동자와 공화주의자들의 폭동에 의해, 그리고 루이 필리프에 대한 테러와, 마지막으로 여러 가지 사건들과 스캔들로 점철되어 있었다. 제2공화국은 현실성 없는 박애(1848년 2-6월)와 약속에 대한 신뢰로 이루어진 최초의 짧은 국면으로 특징지어지며, 공허한 약속에 뒤이어 유산자 계층의 공포가 뒤를 이었고, 반동적인 후퇴가 특히 표현의 자유에 반하는 일상적인 억압적 조치들을 초래했다. 자유 제정(제2제정하의 자유주의 정책이 실시되던 때; 1861-70)의 경우에는, 현실적인 정치적 투쟁이 다시 살아나면서 지성인들의 일부가 재소집된다.

'정치'?

• 19세기의 정치적 개념은 확장적인 것만큼이나 복잡한 개념이기도 하다. 정치를 언급하면서 사람들은 정치를 인간의 공통

의 삶을 조절하는 것으로, 그리고 그 공통의 삶과 관련된 논쟁에 각자가 참여할 수 있는 권리를 규정하는 것으로, 또 시민들은 자신들의 결정이 적용되도록 서로에게 부여하는 권위의 형태를 확정해 주는 것으로 이해할 수 있을지도 모른다. 19세기는 현실적인 정치적 실천으로부터 정치의 이러한 이상적인 정의를 명확히 분리했다. 다양한 사회 계층들은 19세기를 거치면서 권력을 유지하거나 재정복하기 위해서, 혹은 권력을 획득하기 위해서 서로 충돌했다. '정치'라는 용어는 동일한 시스템도, 정부의 동일한 형태도, 이 각각의 계층을 위한 권력의 동일한 개념도 함축하지 않는다. 따라서 각 계층간의 이러한 충돌에서 정치는 또 다른 의미를 지니게 된다. 정치는 권력의 정복과 보존의 의지로 성립된다.

우선 프랑스 대혁명은 부르주아층의 정치적 권력으로의 상승을 기록한다. 부르주아층은 1789년, 그들이 그 이후부터 지배하고자 하는 사회에 적합한 여러 법률을 제정한다. 그러나 부르주아층은 19세기를 거치면서 여러 차례에 걸쳐 각기 다른 방식으로 문제의 대상이 된다. 왕정복고하에서 부르주아층은 앙시앵레짐의 귀족층이 정치적 권력을 다시 탈취하고자 하는 시도에 대항해 싸워야 했다. 그런데 대혁명 이후부터 부르주아층은 권력을 공유하고자 하는 대중 계급들의 욕구가 자신들 아래에서 주변으로 확산되어 감을 느꼈다. 이 짧은 위기의 순간들에서 대중 계급들이 사실상 지배적인 역할(1793-94)을 한다. 따라서 부르주아층은 자신들의 정치적 특권을 옹호해야 했으며, 이로 인해 부르주아층은 영향력 있는 사람들과 권위적인 체제(나폴레옹 1세 · 나폴레옹 3세)에 의존하지 않으면 안 되었다. 결과적으로 이들 체제는 부르주아층의 고유한 이익을 위협했고, 따라서 부르주아층은 그 체제들의 몰락을 조장하게 되는 것이다.

• 19세기의 정치적 투쟁은 가히 장관이었던 것처럼 보인다. 왜냐하면 정치적 투쟁이 통치의 형태에 영향을 미치고 있었기 때문이다. 1815년의 나폴레옹의 몰락, 1830년의 7월 혁명과 1848년의 혁명, 그리고 나폴레옹 3세의 양위 등 사건이 벌어졌을 때마다 공화국이든 제정이든 체제의 형태가 항상 문제였다. 그러나 19세기의 상당히 빠른 시점에서 근대인들은 이 문제가 정치적인 문제 전체를 포함하지는 않는다는 사실을 깨달았다. 오랜 역사적 발전을 거듭한 끝에 19세기는 시민 사회와 국가의 분열을 극명하게 보여 주었다. 이 현상은 자율화를 통해 강조된 정치적 영역에 쏠린 관심을 설명해 준다. 그러나 시민 사회의 평행적인 자율화로부터 사회 문제와 사생활과 정치의 관련성에 관한 하나의 의문이 생겨난다. 정치와 도덕간의 관계에 관한 문제는 빅토르 위고와 토크빌, 그리고 많은 다른 작가들을 사로잡는 주된 관심사였다. 사람들은 정치의 한계에 관해 의문을 품고 있었다. 자유주의적 사고는 사적인 영역과 뚜렷이 구분되는 정치적 영역을 만드는 경향이 있었다. 자유주의적 사고의 주된 기능은 역설적으로 개인의 자유를 보호하는 것이 되었다. 이와는 반대로 전통적이며 사회주의적인 사상가들은 오히려 한계가 없는 정치를 구상하고 있었다. 말하자면 사생활의 지속성 속에 포함되면서 경제 분야에 개입하는 정치를 구상하고 있었던 것이다.

정치의 특권에 관한 숙고는 인간사의 조직에서 정치가 과연 우월성을 지니는가 하는 문제를 재검토하기에 이른다. 실제로 많은 사상가들은 사회 문제가 정치를 좌우하고 정치를 결정한다는 생각을 하고 있었다. 따라서 일부 사회주의자들은 사회적 문제의 해결에 관심을 집중하면서 정치적 문제들로부터 방향을 선회한다. 생 시몽의 경우, 합리적으로 구성된 사회란 정치를 모르는 것이었다. 정치는 압력에 못 이겨 부당하고도 인위적인 사회적 상태를 유지하려는 경우에 한해서만 필요한 것으로 보았던 때문이다.

정치 분야의 중요성을 전적으로 부인하면서 사상가들은 사회에 개입하고, 정치의 자연발생적인 발전으로 유도하는 방식에 관해 끊임없이 생각하고 있었다. 그들은 인간이 자신의 역사의 주체가 될 수 있고, 자신의 삶을 변화시킬 수 있는 가능성을 믿고 있었다. 사회에 영향을 미치고자 하는 인간의 이러한 의지를 또한 '정치적인 것'이라고 부를 수 있으며, 그 의지를 바탕으로 인간은 살아가는 것이다. 현상의 상태를 확인해 줄 뿐인 여러 결정에 스스로를 한정시키려는 것에 대한 거부 역시 '정치적인 것'이라고 할 수 있다.

• 권력을 위한 투쟁으로 촉발된 이론들의 다양성은 결국 그렇게 되지는 못했지만, 그 덕분에 19세기는 이상적일 정도로 격렬하고도 창의력이 풍부한 시대가 되었다. 정치는 현실로부터 단 한 번도 분리된 적이 없는 사고의 대상이었다. 기조 · 토크빌 · 루이 블랑 같은 이론가들은 정치적인 책임을 인정하고, 자신들의 사고를 현실에 접목시키고자 노력했다. 1789년에 시작된 사회를 견고히 하는 데 몰두하던 부르주아층의 정치적 이론은 벵자맹 콩스탕 · 기조 · 토크빌과 함께 왕정복고와 7월 왕정하에서 그 이론의 원리를 명확히 밝혀 주고 다양화시켰다. 과거의 질서를 그리워하는 보수적인 사상으로서의 전통주의는 왕정복고 시대에 반혁명주의적인 이론가들(메스트르 · 보날 · 라므네)에 의해 꽃을

피웠다. 사회와 인간들 사이의 관계에 대한 심오한 변화에 호의적인 사회주의적 여러 원리는 프랑스에서 특히 1830년 이후, 생시몽 학파와 푸리에 · 카베 · 피에르 르루 · 프루동, 그리고 루이 블랑과 같은 독창적인 사상가들과 함께 발전을 이룩한다.

몇몇 정치적 논쟁

• **선거의 문제**가 우리가 고려하는 시기 전체를 지배한다. 대표제의 원리가 확립되었지만 누가 대표를 선출하고, 어떤 조건으로 대표를 선출할 수 있을지의 문제가 아직 결정되지 않았다. 프랑스 대혁명이 선거의 실시를 일반화시켰음에도 불구하고, 그것은 투표권의 한계를 확정했다. 선거의 모든 구조(프랑스 공화력 1년의 구조를 제외하고, 하지만 이것은 단 한 번도 적용된 적이 없다)가 정치적 권리를 소유한 적극적 시민들과 공민권만을 지닌 수동적 시민들을 차별화시켰다. (제정하에서의) 여러 단계의 선거나 대단히 구속적인 토지세 납부 제도 체제하에서의 선거는 투표권을 극소수 엘리트의 전유물로 만들어 버렸다. (왕정복고하에서 선거인 수효는 10만 명을 조금 밑도는 수치였다.) 이 시기 동안 벌어진 자유주의자들의 투쟁이 선거의 확산에 영향을 미쳤다. 그러나 그들은 보통선거에 대한 가능성을 제쳐두었다. 자유주의자들의 온건파로서 공론가들은 그들이 국민의 절대적 지배에 대립시키던 이성의 절대적 지배라는 이름으로 선거권의 한계를 정당화했다. 국가는 개화된 엘리트 집단에 의해 통치되어야 한다는 것이었다. 또한 그들은 토지세 납부 제도의 선거인단에 '유능한 사람들,' 즉 교양을 갖추었으나 그렇다고 해서 반드시 부자는 아닌(부자일 필요는 없는) 사람들을 추가시킬 것을 제안

했다. 그렇게 함으로써 투표권의 확대는 불리한 조건에 놓인 사회 계층들의 교육 수준의 향상에 따라서 점진적으로 이루어질 수 있으리라는 것이 그들의 생각이었다. 7월 왕정은 처음에는 선거권을 얻기 위한 납세 금액의 액수를 낮추었지만, 곧이어 개혁 모두를 거부했다. 선거의 개혁은 반대파가 즐겨 내세우는 이론이 되었으며, 1847년 당시의 향연들이 내세우던 캠페인의 구호들 중 하나가 되었다. 제2공화국에 의한 보통선거의 확립은 그럼에도 논쟁을 종식시키지 못했다. 보수적인 의회에 의해 급속히 제한된, 루이 나폴레옹 보나파르트에 의해 회복된 보통선거는 개인적이고 권위적인 한 체제를 보증하면서 모든 위험성을 드러내고 있었다. 보통선거는 민주적인 기능의 현실성을 보장하진 못했지만, 그러나 그 기능의 겉모습을 제공해 주었다.

• **종교적인 문제**는 19세기 동안 줄곧 정치적 논쟁에 있어서 중요한 자리를 차지한다. 1801년에 교황과의 화약에 서명하면서 제1통령은 질서의 회복에 골몰하는 정부의 교회에 대한 필요성을 인지했다. 따라서 왕정복고는 왕권과 교회의 동맹을 주요 의제로 삼았으며, 가톨릭을 국교로 인정했다. 권위적인 제2제정 역시 사회주의적 보수주의를 신봉하는 교회에 특권을 보장해 주었다. 그러나 교회를 이렇게 예우하는 과정에서 권력은 하나의 모순에 부딪치고 있었다. 권력은 로마의 권위를 인정함으로써만, 말하자면 프랑스 가톨릭에 대한 외부의 권위의 영향을 인정함으로써만 교회의 특권을 보장해 줄 수 있었던 것이다. 19세기의 가톨릭교는 몽탈랑베르나 루이 뵈이요와 같은 사람들을 통해서 교황지상주의(프랑스 교회에 대한 교황의 권위의 우월성)를 확산시켰다. 그런데 교황지상주의는 여러 다른 체제들이 들어설 때

마다 긴장의 근원이었다.

보수적이고 권위적인 체제들과의 정치적 합의를 통해서 가톨릭 교회는 우파 세력으로, 그리고 가톨릭 신도들은 영향력 있는 압력 집단으로 인지되고 있었다. 바로 여기서부터 좌파 정당들의 반(反)교권주의가 시작되었고, 이는 왕정복고부터 분명해지고 있었다. 19세기가 흘러가면서 교회는 점점 더 반동적인 경향을 띠어 갔다. 혁명 정신에 반대하는 교황 피우스 9세의 입장, 교황 회칙 〈쿠안타 쿠라〉와 1864년의 〈교서요목〉[1864년 로마 교황 피우스 9세가 간행한 인단교설]에 나타난 진보와 자유주의가 이러한 경향을 확인해 주었다. 사회주의적(라므네) · 자유주의적 가톨리시즘의 존재는 여전히 부차적인 현상이었다.

• 종교적인 문제는 **교육 문제**와 분리될 수 없다. 교회를 옹호하는 체제들은 교육 분야에 교회를 끌어들여 교회의 교육에 대한 광범위한 통제에 동의하기까지 한다. 그리하여 그 체제들은 미래의 선거권자들의 정신과 노동자 계급의 도덕 관념을 확보해 두려 꿈꾸게 되는 것이다. 왕정복고는 성직자들에게 교육을 장악할 수 있는 권리를 부여한다. 제2공화국하에서 사회의 소요로 두려움을 느낀 우파가 질서를 다시 회복하고자 했을 때, 우파는 종파 교육에 일시적으로 완전한 자유를 부여하고, 교회에 폭넓은 감시권을 부여하는 팔루 법안(1850)에 투표했다. 따라서 교육의 자유라는 문제가 정기적인 논쟁의 대상이 되었다. 몽탈랑베르와 같은 가톨릭 신도들은 끊임없이 대학의 독점에 대항해 공격을 퍼부었다. 1840년대의 7월 왕정하에서, 미슐레와 키네로 대변되는 콜레주 드 프랑스의 교수들——미슐레와 키네는 정부의 몇몇 멤버와 공화주의자들의 언론의 지지를 받고 있었다——

과 대립되는 이러한 주제를 놓고서 진정한 위기가 대학에 대항하는 교회의 캠페인과 뒤얽혀 있었다. 궁극적으로 어떠한 정부도 교회가 교육을 전적으로 장악하는 것을 인정할 수 없었다. 정부는 정부대로 교육에 대한 통제권을 유지하고 싶었던 때문이다. 자신의 통치가 시작된 최초의 몇 년이 지나고 나서 나폴레옹 3세는 팔루 법안에서 비롯된 수도원 교육의 급신장에 제동을 걸었다.

• 산업혁명의 시작은 **사회·경제적 분야에서의 국가의 역할**을 뒤바꾸어 놓았다. 1842년 철도 법안에 관한 투표가 실시될 당시, 민영 회사에 대한 영업권의 허가에 찬성하는 측과 공채에 찬성하는 측 사이에서 격렬한 논쟁이 벌어졌다. 토론은 또 1841년 당시 수공업 공장에서의 아동들의 노동을 제한하는 최초의 법안에 대한 투표가 실시되었을 때처럼, 노동법에도 영향을 미쳤다. 이 점에 관해서 개입주의 일체에 대해 적대적이던 자유주의자들은 온정주의적 정신에 입각하여 사회적인 악을 치유하고자 하는 가톨릭 왕당파의 경향에 반대했고, 1848년에 맹위를 떨치고 있던 사회주의적 경향에도 반대했다. 사회주의적 경향은 노동을 통해 노동자의 존재를 보장하는 국가의 의무를 강조하고 있었다. 이런 점에서 1849년의 하원에서 빅토르 위고가 언급한 기아(飢餓)에 관한 연설과, 기아란 숙명이 아니며, 정치는 기아 문제에 전념하여 그 문제를 치유할 수 있다고 단언하면서 그가 제기한 항의는 의미심장한 것이다.

정치와 개인

정치적인 열정이 일반화되고 있었음에도 불구하고, 그리고 하나의 그룹으로 스스로를 규정하려는 명백한 필요성에도 불구하고(예를 들자면 《적과 흑》의 한 章인 〈전원의 쾌락〉이 그것을 잘 증명해 주고 있다) 정치적 참여가 지니는 극도로 개인적인 성격을 망각해서는 안 된다. 따라서 정당들은 우리의 현대적 정당을 형성하는 기능과는 아무런 관련이 없다. 정당들은 확실한 구조를 지니지도 못했고, 의회 그룹의 형태를 띤 회합의 성격을 지니고서 존재하지도 않았다. 반대로 혁명 사상과 법률은 이러한 유형의 조직을 금지했다. 무엇보다도 대표는 자신의 선거권자들에 대해서 뿐만 아니라 동료들에 대해서도 선택과 투표로부터 자유로운 개인이어야 한다. 우선 정치적 선택은 개인의 의식에 자유로이 영향을 미쳐야만 하는 지극히 개인적인 결정이다. 하나의 사회를 깨부수는 혁명——그 사회 속에서 개인이라는 존재는 그룹에 종속되어 있었다——은 사회적 연대성으로부터 개인의 견해를 해방시키면서 자유로운 참여 위에 새로운 정치를 확립시켜 주었다. 기 로사가 쓴 바와 같이, 대혁명은 "각자의 마음속에 자유로운 정치적·역사적 선택을 하려는 필요성을 새겨놓았다." 또 이러한 시각에서 볼 때, 개인의 발전은 정상적인 것이었을 뿐만 아니라, 그 개인이 자신의 의식에 대한 충실성을 증명하는 정도에 따라 거의 본보기가 될 정도였다. 많은 작가들이 놀라운 정치적 변화를 경험했다. 빅토르 위고는 자신의 개인적인 정치적 변화를 요구했고, 자신이 지니고 있던 신념에 대한 정당성으로 그러한 정치적 변화에 다음과 같은 흔적을 남겼다:

어둠에서 빛으로 나아가는 모든 계단들 중에서 가장 찬양할 만하고 가장 오르기 힘든 것은 물론 말하자면 귀족으로, 그리고 왕족으로 태어나서 민주적인 사람이 되는 계단, 바로 그것이다. (《오드와 발라드》의 서문, 1853)

정치와 개인간의 이러한 연결은 문학이 작가들의 정치적 참여를 너무나도 잘 통합했음을 설명해 주고 있다. 정치적 숙고란 어느 고유한 사상에 대한 작가의 복종이나 거부의 흔적으로서 나타나기보다는 기묘한 과정에 끼어든 한 개인에 대한 표현으로서 문학의 낭만주의적 개념을 강화시킬 수 있을 뿐이었다.

2. 왜 문학은 정치에 연결되어 있는가?

언 론

왕정복고 시대부터 언론은 대단히 정치적인 도구로 인식된다. 이론적으로 1814년 헌장[루이 18세가 공포한 헌장]에 의해 보장된 언론의 자유는 이후에 연속적으로 들어서게 될 정부들의 끊임없는 공격 대상이 된다. 그 정부들은 일련의 모든 억압적 도구를 구비(예비 허가·검열·보증·소인권 등)하고 있었다. 언론에 관한 법률들은 너무나도 많았고, 의회에서도 열정적인 토론을 불러일으켰다. 사실 신문들은 자유주의적인 것(《콩스티튀시오넬》지와 벵자맹 콩스탕의 《미네르브》지)이든, 과격 왕당파적인 것(《코티디엔》지, 샤토브리앙의 《콩세르바퇴르》지)이든 정부에 적대적인 극단적 여론을 반영하고 있었다. 여당 기관지(《모니퇴르》

지)는 거의 읽히지 않았다. 베리 공작의 암살 이후, 1820년부터 1824년까지 리슐리외 내각과 빌렐 내각의 체제하에서 언론은 너무나도 가혹한 법에 의해 거의 묵사발이 되다시피 했다. 그 가혹한 법은 (분명한 주장뿐만 아니라 범죄의 의도까지도 의심하는) 성향의 범죄를 벌하는 지경에까지 이르렀다. 형벌은 벌금형에서 체형(體刑; 교도소)에 이르기까지 가혹했다. 신문에 대한 억압은 이렇게 빈번히 이루어지고 있었다.

언론의 자유는 어떻게 보면 체제로부터 위협을 받고서 대혁명이 획득한 경험의 상징이 된다. 정치적 투쟁은 흔히 대혁명을 전후로 확고하게 굳어진다. 언론은 부르봉 왕조의 몰락을 초래하는 분쟁에서 결정적인 역할을 담당한다. 폴리냐크 장관에 의해 취해진 1830년 7월의 법령들 중 최초의 법령은 정기 간행물의 자유를 금지시킨다. 인쇄업자들과 언론인들의 저항이 불만을 일상화시킴으로써 처음으로 그들과 정부 사이에 충돌의 빌미를 제공한다. 정치를 하고자 하는 사람은 누구든 신문을 창간하면서 스스로 신문의 울림을 세간에 전하고 있었다. 라마르틴은 《비앵 퓌블리크》지를, 위고는 《에벤맹》지를, 라므네는 《코즈 뒤 푀플》지를 각각 창간했다.

• 왕정복고 시대의 언론은 특히 정치적인 것이었으며, 문예지도 거의 완전히 정치에 개입되어 있었다. 왜냐하면 검열위원회는 문예 사상을 표방하면서 정치에 관해 토론하도록 유도했을 뿐만 아니라, 더욱 기본적으로는 미학적 논쟁이 정치적인 여러 선택과 밀접하게 연결되어 있었던 때문이다. 이미 많은 작가들이 정치적인 작가로서나 비평가로서 신문에 글을 기고하고 있었거나, 혹은 작품의 일부를 문예지에 발표하고 있었다. 스탕달과 같은

또 다른 작가들은 검열을 피할 수 있는 해결책들 중의 하나를 선택했다. 그 해결책이란 바로 프랑스에서 발표해서는 위험한 견해들을 '개인 서간'이라는 타이틀로 발표하는 것이었다. 스탕달은 정치적이면서도 동시에 문학적인 '우편물'을 1822년과 1829년 사이에 영국의 여러 잡지에 우송한 바 있다.

1830년 이후, 작가들의 언론에 대한 기고가 대량으로 이루어졌다. 《신문 기자 발자크》라는 자신의 저서 속에서 롤랑 숄레는 여러 가지 경제적 이유를 들어 이러한 현상을 설명했다. 왕정복고하에서의 출판업은 작가들도, 서적상들도, 인쇄업자들도 밥벌이를 할 수 없을 정도의 구조적인 위기를 겪고 있었다. 그리하여 작가들은 보수가 좋은 언론과 신문의 논설에 몰려들었다. 동시에 언론 자체도 문학과의 관련성을 더욱 필요로 하는 중요한 발전을 경험하고 있었다. 대중적인 신문(왕정복고 시대의 신문 부수는 미미했고, 가격도 비쌌다. 신문은 잠재적인 유권자들 중 극소수에게만 해당되는 것이었다)을 창간하고자 하던 《프레스》지의 창립자 에밀 드 지라르댕이나 《시에클》지의 창립자 아르망 뒤타크와 같은 몇몇 기업주들은 저렴한 가격의 신문이 가능하다는 것을 확신했다. 즉 저렴한 신문 가격은 정기 구독자의 수효가 증가함에 따라 정기 구독의 싼 가격을 상쇄시켜 줄 것이라고 생각했던 것이다. 그들은 또 신문에 광고를 넣음으로써 이렇듯 낮은 가격의 수지 균형을 맞추고, 볼 만한 읽을거리를 제공함으로써 독자층을 사로잡으려 생각하고 있었다. 신문의 이러한 변화는 상당한 탈정치화와 함께 어깨를 나란히 한다. 지라르댕은 보다 당파색이 적고, 어떤 특정한 교감을 반영할 신문을 창간하고자 한다. 말하자면 그는 보다 폭넓은 대중을 겨냥한 신문이 정치에 과도하게 개입할 수 있을 것으로는 생각지 않았던 때문이다.

현대인들은 결국 상업적 신문으로 귀착된 이 신문을 비난한다. 사회주의자인 루이 블랑은 다음과 같이 쓴다: "기자는 사변의 메가폰이 되어가고 있었다." 실제로 기자는 모든 것을 할 수 있는 일종의 문인이 되어, 자신이 일하는 신문의 색채에 자신의 정치적 사상을 가미하고 있었다. 이러한 변화는 인텔리겐치아를 대량으로 정치적 무대로 등장시키는 결과를 낳았고, 그 계층에 대단히 광범위한 이데올로기적·도덕적인 영향력의 수단을 제공했지만, 그러나 그럼으로써 그 계층은 자본주의적인 대부르주아층에 종속될 수밖에 없었다.

따라서 신문은 작가들을 이용하여 순전히 신문적인 기사들을 생산해 내었다. 지라르댕이 1830년 발자크에게 《도둑》이라는 작품 속에서 써보라고 요구한 〈파리에 관한 편지〉가 바로 그러한 기사였다. 이 기사들은 또한 전통적으로 문예비평이나 극비평·여행담, 그리고 세속적인 얘깃거리들에 할당된 지면의 하단부인 문화면의 공간을 차지하고 있었다. 그리하여 문예비평은 신문과 밀접하게 연결되어 있었다. 쥘 자냉은 《주르날 데 데바》지에서 극비평란을 차지하고 있었고, 생트 뵈브는 《르뷔 데 되 몽드》지와 《콩스티튀시오넬》지에 글을 기고했으며, 이어 제2제정하에서 국가의 공식지인 《모니퇴르》지에 자신의 한담을 늘어놓았다.

그러나 문예란은 1836년 이후에는 당시 모든 일간지를 침투하고 있던 소설의 특권적인 공간이 되어갔다.

• 수많은 작가들이 신문으로부터 수입을 올리면서, 자신의 작품들을 책으로 출판하기 이전에 문예란이나 잡지를 통해 발표한다. 대표적 예들은 다음과 같다: 발자크(《늙은 매춘부》·《사촌누이 베트》)·조르주 상드(《어느 여행자의 편지》·《오라스》·《내 삶

의 이야기》)·외젠 쉬(《파리의 비밀》)·뒤마(《삼총사》·《몽테 크리스토 백작》)·네르발(《라마단의 밤》·《소금 밀매인들》)·뮈세(《환상의 잡지들》·《카르모진》)·고티에(《포르튀니오》·《스페인 여행》·《미라의 소설》). 출판에 대한 신문의 이러한 지원으로 문학은 현실에 대해 더욱더 민감하게 반응한다. "상징적으로 말하자면 정치적 공간은 항상 신문 소설 속에서 강하게 존재하면서 구조를 성립시켜 주고 있다"라고 리즈 케플레크는 적고 있다. 몇몇 동시대인들은 이러한 현상에서 정치의 퇴조를 파악한다. 좌파 국회의원인 샤퓌 몽라빌은 시민으로서의 의무와 정치적 의식으로부터 독자들을 돌려 놓는 이러한 문학의 폐해를 고발하기 위해 여러 번에 걸쳐 7월 왕정하의 의회에 개입을 요청했다.

이와는 반대로 많은 작가들은 신문에 의해 초래된 문학의 퇴조에 민감하게 반응했다. 스탕달은 《어느 여행자의 회상》에서 "정치적 이해 관계를 위해서 탁월하고도 필수적인 신문은 협잡을 통해 문학과 미술에 독을 퍼뜨리고 있다. 또한 자유는 어쩌면 문학과 예술을 죽여 버릴 수도 있을 것이다"라고 쓴 바 있다.

• 1789년에 다양한 신문들의 재등장을 맞이한 언론의 완전한 자유라는 짧은 시기가 지난 후, 제2제정은 그 반동의 국면 속에서 억압적인 정치를 다시 확립했다. 1849년부터 1851년까지 억압적 정치의 과정들이 무수하게 이루어졌고, 준엄한 판결이 내려지곤 했다. 제2제정하에서 1852년 2월 17일자 법령은 정치적 성향의 신문을 옥죄는 일련의 조치들을 통해 언론으로부터 자유를 박탈했다. "그 법령은 정치적 성향의 언론에만 타격을 가했을 뿐이지만, 그러나 간접적으로 극비평과 예술비평·소설, 그리고 과학 서평을 통해 신문으로 먹고 사는 작가들에게 타격을

주고 있었다."(막심 뒤 캉) 당시까지 정치적 성향의 신문에 너무나도 깊숙이 연결되어 있던 문예지 또한 가혹할 정도로 타격을 받고 있었다. 문예지에는 연대기와 세간의 소문, 그리고 탐방 기사를 게재하는 것 외에 더 이상 남아 있는 것이 아무것도 없을 정도였다. 그러나 새로운 문학의 형태가 함구령이 내려진 이러한 신문으로부터 또다시 출현할 수 있었다. 발레스는 기자가 되고 싶어했다. 하지만 제2제정하에서의 그와 같이 뜨거운 성격의 소유자에게는 너무나도 어려운 계획이었다. 그는 이러한 어려움 때문에 문학에 입문했다. 그의 최초의 저작들은 평론집(《길》·《탈법자》)이었다. 그는 기아(飢餓)와 불순분자들, 그리고 반항자들의 문제를 다루는 연대기로 자신의 역할을 국한시켜야 했다. "진정으로 근본적인 투쟁은 문화적이다. 사람들은 법보다도 도덕을 더욱 빠르고 더욱 능숙하게 극복한다"라고 R. 벨레가 쓴 바와 같이, 그는 이러한 필요성을 납득했다. 발레스는 다음과 같이 적고 있다: "결국 나는 법을 만들어 내는 정치보다는 도덕을 만들어 내는 문학을 더 좋아한다……."(《프로그레스 드 리옹》지의 기사, 1864) 신문과 신문의 이러한 활동에 영향을 미치는 구속으로 인해 그는 문학——신문이 없어도 꾸며낼 수 있는 어떤 문학——으로 방향을 잡았고, 그렇게 함으로써 정치적 문제에 대한 그의 접근 방식도 바뀌었다.

제2제정하에서 신문에 가해진 여러 가지 조건들은 그럼에도 불구하고 전체적으로 문학과 신문의 분리를 초래하고, 잡지에 발표되는 '대문학'(플로베르·공쿠르 형제 등)과 소규모 신문의 소설란을 추구하는 '대중 문학' 사이의 구분을 초래한다. 이 두 가지 문학 모두가 상당히 탈정치화되어 있었다. 그 이유는 하나는 현실의 지원으로부터 단절되어 있었고, 또 다른 하나는 검열을 받아들이고 있었기 때문이다.

작가의 위상

프랑스 대혁명 이후, 지적 생산의 사회적 · 경제적인 새로운 조건들이 작가의 위상을 심오하게 변화시켰다. 인쇄업자와 출판업자들에게 있어서 문학은 더욱더 상업적인 일이거나 투기의 일(《일뤼시옹 페르뒤》지 참조)이 되어가고 있었다. 게다가 자신의 특권화된 수취인들, 즉 왕족의 정치적 권위, 미학적인 권위(학자들), 교양을 갖춘 견해(취미가 고상한 사람들), 그리고 궁극적으로 자신의 동료들(철학자 그룹 · 문단)과 함께 작가가 소속된 상징적인 범주가 산산이 흩어져 버렸다. 이와는 반대로 작가는 언론의 매개를 통하여 실질적인 권력을 획득했다는 느낌을 받고 있었다. 그때부터 작가는 정치적 권력에 자신의 지적인 담보를 가져가지 않았다. 하지만 작가 자신이 하나의 권력이었고, 1848년까지는 적어도 자신이 그러한 존재라고 강하게 확신하고 있었다. 19세기 동안 거의 지속되다시피 한 검열이라는 감시가 통치자들까지도 문학에 부여한 이데올로기적인 권력을 증명해 주고 있다.

예술가의 집단이 된 인간들은 자신들이 지은 시를 듣고, 그 시를 깊이 생각한다. 그리하여 하나의 말, 하나의 시구는 이제 정치적인 균형 속에서 과거의 승리가 지니고 있던 것과 똑같은 무게를 지닌다. 언론은 사고를 조직했고, 사고는 이제 곧 세계를 경영할 것이다. 불멸의 사상을 기록한 도구로서의 종이 한 장이 지구를 평등하게 만들 수 있는 것이다……. 눈물로 적셔진 시구들, 부지런한 철야 작업으로 이루어진 많은 작품들은 더 이상 권력의

발 밑으로 전락하지 않는다. 그 작품들이 권력이기 때문이다! (발자크, 한스카 부인에게 보내는 편지)

작가는 대중들의 양적인 변화를 강조하고, 양적인 변화는 질적인 변화를 내포한다. 그후부터 작가는 더 이상 대중을 상대하는 것이 아니라 국민을 상대한다고 위고는 자신의 극작품들 중 한 작품의 서문에서 밝히고 있다. 이것이 작가에게 도덕적이고 정치적인 책임을 부여하며, 위고는 빈번히 그러한 사실을 상기시킨다. 모든 사람을 대상으로 하는 예술가는 모든 사람들의 관심사와 조우함으로써 자신이 처한 상황에 따라 공적인 사람, 특히 시민이 되는 것이다. 작가는 전문화된 사람이 아니며, 작가로서의 자신의 위상은 그에게 보편적인 자격을 부여한다:

시인이 조금이라도 문명의 중요한 시기들 중 한 시기에 살고 있다면, 그 시인의 영혼은 반드시 모든 것, 즉 자연주의·역사·철학·인간 그리고 사건들에 뒤섞이기 마련이며, 실질적인 문제들에 접근할 준비가 항상 되어 있어야 한다. 시인은 필요한 경우 그 문제들에 직접적인 도움이 되어야 하며, 그것들을 조종할 줄 알아야 한다. 주민들 모두가 스스로 병사가 되어야 하고, 여행자 모두가 수부가 되어야 하는 날이 있다. 우리가 살고 있는 저 이름 높고 위대한 세기에 있어서 첫날부터 작가라는 힘든 임무로부터 물러서지 않아야 한다는 것, 그것은 바로 결코 물러서지 않는 법을 스스로에게 부과하는 것이다. 국가를 지배한다는 것은 책임을 떠맡는 일이며, 정신에 말을 건다는 것은 또 다른 책임을 떠맡는 일이 된다. 관대한 사람은 설사 그 자신이 아주 연약한 사람이라 하더라도 어떤 역할이 주어졌을 때 그 역할을 진지하게 받아들인다.

(빅토르 위고, 《라인 강》의 서문, 1845)

작가의 역할에 대한 이러한 재규정은 사회의 민주화에 연결된 문학의 새로운 개념에 토대를 둔다. 19세기 초부터 "문학은 사회의 표현이다"(보날)라는 생각이 인정되고 있었다. 우리는 이 문장을 수동적인 의미(문학은 그것이 존재하는 사회의 상태를 반영할 뿐이다)로 해석할 수 있다. 그 문장에서는 또한 작가에 대해 그 사회의 해석자가 되라는 요구를 읽을 수 있다. 《레 미제라블》의 은어에 관한 길다란 전개는 사회의 탐구라는 작가의 주요한 기능을 강조하고 있다.

19세기 작가들의 실제적인 독자층은 대다수가 부르주아층이었지만, (특히) 낭만주의 작가는 국민이라는 이상적인 독자를 토대로 구성되어 있었다. 이로 말미암아 작가의 정치적 개입에 관한 상당히 중요한 결과가 나타났다. 왜냐하면 독자층의 이러한 외형은 특정한 유형의 정치적 논쟁을 초래했기 때문이다.

프랑스 대혁명이 있어났을 당시 철학자들이 벌였던 정치적 투쟁에서의 개입의 경험은 동시대인들에 대해 너무나도 보잘것없는 것으로 평가되었다. 그럼에도 불구하고 철학자들의 정치적 투쟁에 대한 개입의 경험은 작가의 사회적 · 정치적 사명이라는 사상을 재검토하지 않았다. 철학자에 대한 인기가 떨어짐으로써 시인과 작가가 득을 보았고, 그리하여 19세기의 문학과 정치 사이의 특수한 관계가 형성되었다.

문학 생산의 새로운 조건들은 문화적인 정치를 이끌고, 걸출한 인물들을 끌어들이려 노력하는 힘을 막을 수 없었다. 그 인물들의 가담은 문학 생산의 적법성을 확인할 수 있는 방법이었던 것이다. 왕정복고는 과격 왕당파 젊은이들을 환대했다. 그리하여 루이 필리프 치하에서의 오를레앙 공작 부처와 제2제정하에서의 마틸드 공주는 인텔리겐치아와의 동맹을 시도했다. 위고는 국왕의 고문이 되려는 순간을 꿈꾸었다. 아카데미 프랑세즈의 명성은 여러 영광에 대한 반체제주의적인 정신을 완화시켜 주었다. 몇 가지 일화는 권력이 연금이나 명예상의 특별한 배려를 통해 어떻게 작가들을 매수하려 애썼는지를 보여 주고 있다. 신문으로 벌어들이는 불확실한 수입으로 인해 작가들은 아마도 이러한 종류의 유혹에 더욱 쉽게 굴복할 수밖에 없었을 것이다.

현실 참여, 환멸, 그리고 저항

19세기의 많은 사건들은 정치에 대해 다양한 태도를 보여 준 여러 다른 세대들을 구별할 수 있도록 해준다. 이러한 현상에 수십 년간에 걸쳐 확장되는 작가들의 개인적 발전의 현상이 추가된다.

1. 프랑스 대혁명에서 1830년까지: 현실 참여

제정의 세대

정치에 관한 제1세대 작가들의 태도는 프랑스 대혁명과 나폴레옹 체제, 더 정확히 말하자면 양자의 연결을 통해 결정된다. 이들의 정치적 신념은 대혁명의 촉발로 단련되어졌고, 시련을 겪다가 제정에 대항하는 투쟁으로 표출되었던 것이다. 그들은 공통적으로 처음에는 상황에 의해 결정된 반정부적인 입장을 견지하고 있었고, 이러한 반대의 입장이 그들 자신들의 사상과 존재 방식을 구성하고 있었다.

스탈 부인(1766-1817)

프랑스 대혁명은 지적인 에너지를 동원하여 그것을 정치로 향하게 했다. 제르멘 드 스탈은 1789년 당시 23세였다. 부친인 네케르 장관의 역할에 고무된 그녀 역시 정치적 투쟁에 참여하고픈 욕망을 억제할 수 없었다. 그녀가 가담한 혁명은 개인의 자유를 공식화한 1789년의 대혁명이었다. 그녀는 의회 제도를 통해 헌법제정의회의 업적과 군주제의 원리에 대한 통제를 인정했다. 그녀는 대혁명의 급진성을 걱정스럽게 바라보았다. 당시 그녀의 살롱은 입헌군주국을 옹호하는 온건주의자들의 회합 장소였다. 그녀는 1791-92년 당시 국방장관이던 루이 드 나르본의 활동 영역에 정면으로 타격을 가하면서 자신의 사상이 격찬을 받도록 애썼다. 첫번째 망명 이후, 그녀는 1795년에 벵자맹 콩스탕과 함께 파리로 돌아왔다. 온건 공화국에 찬성하는 그녀의 과격한 정치적 행동으로 말미암아 그녀는 또다시 의심스러운 인물, 감시를 받는 인물이 되었다. 나폴레옹 보나파르트의 쿠데타 이후, 그에게 호의를 보였던 그녀는 체제가 더욱더 독재적이 되어감에 따라 반정부적인 입장으로 태도를 바꾸었다. 제3 입법회의로부터 20명——그 중 콩스탕도 포함되었다——이 축출된 이후, 1802년 그녀와 곧 황제가 될 제1통령과의 관계는 악화일로를 걸을 수밖에 없었다. 1802년부터 보나파르트는 그녀에게 파리의 1백60킬로미터 이내에서 거주하는 것을 허락하지 않았다. 그리하여 그녀는 스위스에 있는 부친의 영지인 코페로 몸을 피했는데, 그곳은 바로 프랑스와 아주 가까울 뿐만 아니라 유럽의 교차로로서 특권을 누리던 지역이었다. 제정 말기 무렵, 그녀의 정치적 행동은 더욱 분명하게 행해지고 있었다. 제정의 몰락을 예감한 그녀는 유럽에서의 자신의 위상을 십분 활용하여 최대한

의 자유를 획득하기 위한 방향으로 나폴레옹의 계승 문제를 협상하고자 시도했다. 그녀는 백일천하 이후 다시 부르봉 왕가와 결탁하는데, 이는 아마도 1814년 헌장이 자신을 충분히 보장해 줄 수 있을 것으로 생각했던 때문일 것이다.

스탈 부인의 작품은 문학과 정치가 현실적으로 분리될 수 없는 것임을 명확히 보여 준다. 그녀에게 있어서 글을 쓴다는 일은 정치적 행위의 대용품이자 동시에 자신의 살아가는 방식들 중 하나였다. 그녀는 정치적 행위에 완전히 근접해 있으면서도 그 행위로부터 격리되는 순간――왜냐하면 그녀는 여성이었고, 동시에 그 체제가 반대파들에게 사적인 견해를 표명하는 것을 허락하지 않았기 때문이다――에 정치적인 텍스트를 쓰고 있었다. 그녀는 1793년에 《여왕의 소송에 관한 생각》을 발표했고, 이듬해에는 《평화에 관한 생각》을 출판하면서 콩스탕의 정치적 저작들의 집필에 참여했다. 그녀의 주요한 정치적 작품은 아마도 《프랑스 혁명에 관한 고찰》일 것이다. 이 작품은 1812년에 시작되어 1817년 그녀가 죽을 때까지도 완성하지 못한, 대혁명에 관한 최초의 자유주의 역사서일 것이다. 그녀는 이 글에서 전제주의와 독재정치로의 이행을 비난하는 대혁명의 간접적인 원인을 찾으면서 헌법의 다양한 모델들을 시험해 보고, 프랑스에 가장 적합할 모델에 관해 자문했다. 특히 그녀가 선호했던 것은 영국의 헌법이었다. 그녀는 영국의 헌법을 '유럽인들 사이에 존재하는 정의와 도덕적 차원에 있어서 가장 아름다운 기념물'로 간주했던 것이다.

정치적 일상으로부터 완전히 물러나 있을 때, 그녀는 문학 이론서나 소설에 매달렸다. 그러나 이러한 활동은 다른 활동의 이면에 불과한 것이다. 문학에 대한 그녀의 개념, 그리고 그녀의 소설에 등장하는 인물들의 운명은 그녀의 정치적 사상을 직접적으로 보여 준다. 문학과 정치의 이러한 연결은 나폴레옹과 그녀 사이의 분쟁을 통해 상당히 잘 표출되어 있다. 실상 황제가 스탈 부인에 대해 참을 수 없었던 것은 그녀의 정치적 술책보다는 오히려 그녀의 문학작품이었다. 이들 사이의 관계가 특히 팽팽한 긴장을 이루던 두 순간은 바로 《델핀》이 출간된 1802년과 《독일론》이 출간되던 1810년이었다. 이 작품에 맞서 제정의 행정권은 인쇄된 책들을 파기하고 원본까지도 압수하면서 특수한 폭력을 행사하게 된다.

벵자맹 콩스탕(1767-1830)

벵자맹 콩스탕은 1794년 제르멘 드 스탈과의 만남 이후 자신의 정치적인 최초의 에세이들을 발표하기 시작한다. 그것은 그의 정치적 삶에 있어서 처음이자 짤막한 경험의 서곡이었다. 그는 1799년부터 1802년까지 제3 입법회의를 포위 공략한 브뤼메르〔霧月; 10월 23일-11월 21일〕 18일을 찬양했다. 그러나 그는 이 시기 이후 어떠한 합법적 지위도 갖추지 못한 반대파의 입장으로 내몰려 있었다. 제정 말기에 이르러 엄청난 변절을 함으로써 그는 정치적 변절자라는 취급을 받는다. 1814년, 그는 《정복 정신에 관하여》라는 나폴레옹에 반대하는 격렬한 문구의 팜플렛을 발표했으며, 제1 왕정복고하에서 입헌 왕당파의 대열에 서게 된다. 폭군이 엘바 섬으로부터 귀환할 당시, 그 폭군을 향해 사나운 증오심으로 항의를 했지만, 그럼에도 불구하고 그는 백일천하 동안 다시 황제와 결탁하여 《제정 형성의 추가 법령》을 집필했다. 이것은 대중의 지지를 다시 획득하려 골몰하던 한 체제와의 자유로운 타협의 산물이었다. 그는 아마도 패배한 독재자가 외국의 절대군주들의 지지를 받는 부르봉 왕가보다 프랑스에 더 많은 자유를 허용할 것이라고 확신했을 것이다. 정치의 무대와 약간 거리를 둔 이후, 자신의 변절에 대해 스스로 속죄를 하고서 그는 왕정복고 시대의 의회의 논쟁에서 다시 으뜸가는 역할을 수행한다. 그는 《메르퀴르》지와 《미네르브 프랑세즈》지에 실린 자신의 글을 통해서 자유주의의 중요한 이론가들 중 한 사람이 된다. 1819년과 1824년, 그리고 1827년에 선출된 의회에서 그는 라 파예트와, 반대파의 가장 눈부시면서도 가장 신랄한 웅변가들 중 한 사람인 마뉘엘의 곁에 모습을 드러냈다. 그는 7월 혁명 직후 사망했다.

프랑수아 르네 드 샤토브리앙(1768-1848)

브르타뉴 지역의 귀족으로, 18세기 말엽에 뚜렷이 나타나던 귀족의 반동 속에서 성장한 샤토브리앙은 1791년 프랑스를 떠나 아메리카를 여행한다. 1792년 프랑스로 돌아온 그는 영국으로 망명하기 전에 왕당군에 가담한다.

그는 잠깐 동안 제정에 참여한다. 그의 작품 《그리스도교의 정수》는 콩코르다〔교황과 나폴레옹의 화약〕가 이루어진 시점에서 발표되었는데, 이는 추락한 교회의 명예를 회복시키기 위한 시기적절한 작품이었다. 당시 프랑스 정부는 교회와의 새로운 동맹을 체결했다. 그는 제정을 위해 교황청 주재 프랑스 공사관의 서기로서 외교관의 직무를 시작했다. 그러나 앙기앵 공작의 처형이 단행되자 1804년 반대파로 방향을 선회했다.

부르봉 왕가의 복귀는 그의 정치적 야심을 실현시켜 주었다. 그는 프랑스 상원의원이자 대사(1821년 베를린, 1822년 런던, 1828-29년 로마)를 지냈고, 1823년에는 외무부 장관을 역임했다. 그는 베로나 회의에서 국가의 명예를 염두에 두고서, 그리고 또한 자유주의자들에 의해 폐위된 군주를 다시 복위시키는 것이 급선무였기 때문에 스페인에서 군사적 개입을 해야 한다는 주장——정부 수반인 빌렐의 견해에 맞서서——을 지지했다. 그는 당시 이 캠페인의 주동자였으나, 1824년 빌렐에 의해 면직된다.

그 당시 그는 머리에서 발끝까지 과격 왕당파였다. 그는 미셸 네의 처형과 1815년에 제정된 세 가지 예외 법안(개인적 자유의 폐지, 임시 즉결 재판소 제도, 반란을 선동하는 의견에 대한 억압)을 의결했다. 1818년에는 보날·라므네와 함께 과격 왕당파의 공식 기관지인 《콩세르바퇴르》지를 창간했다.

정부로부터 축출당한 이후, 그는 특히 《주르날 데 데바》지에 자신의 견해를 표명하면서 우익 야당의 리더들 중 한 사람으로 활동했다. 그의 논쟁은 검열을 반대하는 방향으로 이루어지고 있었고, 그는 스스로 공적인 자유, 특히 언론의 자유에 대한 열렬한 지지자가 되었다. 1827년에는 《소시에테 데 아미 드 라 리베르테 드 라 프레스》지를 창간했다.

1830년 루이 필리프의 즉위를 격렬하게 고발한 이후, 그는 충성 맹세의 서약을 거부한 채 자신의 직위와 귀족 연금을 포기했다. 그리하여 왕권에서 멀어진 부르봉 가를 위해 베리 공작 부인의 여러 차례에 걸친 기도(企圖)와 결탁하면서 그는 거의 은밀한 투사로서의 삶을 영위하기 시작한다. 이로 말미암아 1832년에는 파리 경찰국에 감금되기도 했다.

그는 《보나파르트와 부르봉 가》(1814)·《헌장에 따른 군주제》(1816), 그리고 무수한 신문 기사들과 같은 텍스트를 통해 자신의 정치적 사상을 전개했다. 그러나 그의 정치적 사상은 《그리스도교의 정수》 못지 않게 《죽음 저편의 회상》에도 스며들어 있으며, 역사 에세이들에서도 드러나 있다.

그의 정치적 사고의 핵심은 스탈 부인이나 벵자맹 콩스탕의 경우처럼 자유였다. 그러나 그에게 있어 자유란 또 다른 기원을 지니고 있다. 즉 자유란 근본적으로 계몽주의 철학에서 나오는 것이 아닌, 귀족 계급의 어떤 개념으로부터 비롯된다는 것이다. 샤토브리앙은 역사적으로 군주제를 프랑스 대혁명의 원인이 된 중앙집권적이며 전제주의적인 것으로 표현했고, 상대적으로 1793년의 민주제는 전제 군주의 출현에 대한 책임을 지고 있다고 생각했다. 그는 절대군주제가 귀족층의 정신을 파괴했고, 따라서 독립과 저항의 모든 원칙과 사회의 특성에 대한 모든 정신을 제거해 버렸다고 비난했다.

신정정치를 내세우는 사상가들(메스트르·보날)과는 달리 샤토브리앙은 프랑스 대혁명을 근본적으로 비난하지는 않았고, 특히 사회의 필요한 발전에 대한 사상을 거부하지도 않았다. "하나의 혁명에는 언제나 선한 무엇인가가 있기 마련이며, 이 무엇인가가 혁명 그 자체보다도 오래 살아남는 법이다."(《혁명에 관한 논평》) 국왕의 절대주의를 무너뜨린 대혁명은 프랑스에 대해, 샤토브리앙이 중세의 가톨릭적 유럽에서 태동한 것으로 파악하는 대표적인 전통과 다시 관계를 맺을 수 있는 기회를 보여 주는 것이었다. 역사의 움직임에 민감한 그는 대혁명을 통해서 유럽 전역을 자극하던 충격을 부인하는 일은 아무런 소용이 없다고 생각했다. 그는 실천에 대한 국민들의 열망과 19세기 초엽의 국민들의 정치화를 인정했고, 그것을 통해 스페인에서의 개입에 정당성을 부여했다. 움직임도, 생성도 없이 마치 모든 것이 다시 생기를 잃은 듯 가장할 수는 없었다:

군대의 영토나 혹은 비범한 운명들을 위해 벌어지고 있는 혁명의 영토에서 사람들은 발치 아래로 몸이 흔들거림을 느끼고 있었다……. 빌렐 경은 대지 위에 이 나라를 붙들어매 고정시키고 싶어했지만, 결코 그럴 만한 힘이 없었다. 나는 영광스럽게도 프랑스인들을 차지하여 그들을 높은 곳에 고정시켜 두고, 여러 가지 꿈들을 통해 그들을 현실로 인도하려고 애썼다. 그들은 그것을 사랑한다. (《죽음 저편의 회상》)

샤토브리앙은 의회정치에도, 1814년 헌장에도 적대적이지 않았다. 이러한 입장으로 말미암아 그는 과격 왕당파들로부터 자유주의자로 간주된다. 그런데도 자유주의자들은 '팜플렛을 쓴 자작(子爵)'(P. L. 쿠리에)을 멸시했다.

말년에 역사적 변화를 크게 의식하기 시작한 그는 군주제의 형태가 아마도 시대에 뒤처진 것이라고 생각했고, 공화국——그는 자유와 가치에 토대를 두고 공화국이 세워지기를 바랐던 듯하다——에 대한 사상을 전면적으로 거부하지 않았다. 예를 들면 대혁명에서처럼 모든 권력이 선택된 의회에 귀속되는 국가 통치권의 절대주의 역시 왕정의 절대주의만큼이나 위험한 것으로 생각했던 것이다. 그는 또 신문의 발달 덕분으로 현대 사회에서 선거로 선출된 의회와의 균형을 이룰 수 있는 민감한 여론에 많은 중요성을 부여했다. 이러한 이유로 그는 왕정복고하의 언론에 대해 스스로 열렬한 지지자가 되었다.

작가이자 정치적 사상가로서 이 세 사람에게는 공통적으로 여러 가지 특징들이 있다. 이들의 정치적 · 문학적 활동은 분리될 수 없는 어떤 성격을 지닌다. 그들의 정치적 · 문학적 활동은 번갈아 가면서 이루어지고, 상호간에 확장되고 있었다. 그들의 정치적 글들 중에서 미학의 중요성을 결여한 글은 아무것도 없으며, 문학적 작품들 중 정치적 표현을 배제한 작품 또한 아무것도 없다. 이들 각자가 자유에 핵심적 역할을 부여한 점 또한 공통적인 특징이다. 이들 각자는 정치가 개인과 국민에게 넘겨 주어야 할 자유에 좌우된다고 생각한다. 그들은 세 가지 형태의 절대주의, 즉 국왕과 자코뱅 클럽, 그리고 황실이라는 형태의 절대주의에 주목했던 듯하다. 그들은 또 통치권의 기원 문제보다는 오히려 통치권의 한계에 더 의문을 제기한다. "그 어디에도 절대적인 통치권은 없다"라고 샤토브리앙은 귀족원에서 행한 마지막 연설에서 단언한다. 세 사람 모두는 정치 속에서의 종교에 중요한 역할을 부여한다. 샤토브리앙은 그리스도교의 정치적 기능에 대해 다음과 같이 확신하고 있었다: "신앙을 파괴한다면, 각 마을에서는 경찰과 감옥, 그리고 형리들이 필요할 것이오." 원래 프로테스탄트 출신인 스탈 부인과 벵자맹 콩스탕은 가톨릭보다는 신교를 더욱 선호한다. 그들의 말에 의하면, 신교란 일시적인 권력의 도구가 될 가능성이 보다 적고, 자유로운 사상의 정신을 발전시킬 수 있기 때문이라는 것이다. 종교가 그들에게 필수불가결한 것으로 보였던 이유는, 도덕과 정치 사이의 관련성을 유지할 필요가 있다고 생각했기 때문이다. 1793년의 공포정치를 만들어 낸 공안위원회에 관해 그들은 정치적 가치가 개인의 도덕으로부터 분리되는, 따라서 사라져 버릴 수밖에 없는 상황에 대한 불길한 예로 생각했다. "도덕적 질서란 그것을 사라져 버리게 하지 않는 한 정치적 질서로부터 떼어낼 수 없다."(샤토브리앙)

이 세대에게 있어서 정치란 자아에 대한 확신의 수단으로서 등장한다. 역사적·사회적인 플랜 위에서 작가들은 자아의 실현 수단을 보았던 것이다. 그들은 또한 주체로서, 자아로서 스스로에게 의문을 가질 만한 것을 찾아낸다. 《죽음 저편의 회상》에 등장하는 지속적인 참고 대상으로서의 보나파르트의 모습은 자신의 이미지를 위한 구조를 성립시켜 주는 역할을 수행한다. 자아에 대한 이러한 확신은 대립의 태도, 나아가 샤토브리앙의 경우 비평과 분석의 태도와 어깨를 나란히 한다. 스탕달의 경우, 《적과 흑》에 등장하는 화자의 정치적 태도에서, 혹은 더 정확히 말해 자신의 정치적 대립에 환호하는 확신을 통해 화자로서 자신을 한정하려는 방식에서 비교할 만한 무엇인가를 보게 된다.

왕정복고하에서의 현실 참여

왕정복고의 초기에 집필 작업을 하던 세대는 우리가 방금 재추적한 관계와는 상당히 다른 정치와의 관계를 보여 준다. 앞서 살펴본 사람들은 작가였기 때문에 그들의 정치적 입장은 미학적 탐구로부터 시작된다. 정치적 참여를 할 수도 있었지만 그들은 정치적 이론이 담긴 텍스트를 거의 쓰지 않았다.

• 정치의 두번째 성격은 과격 왕당파의 소설 속에서 분명히 드러난다. 프랑스 낭만주의는 젊은 시인들——빅토르 위고와 알프레드 드 비니——을 재집결시킨 자크 데샹과 같은 과격 왕당파들의 살롱에서 태동했다. 위고와 비니 두 사람은 모두가 가정의 전통을 물려받은 왕당파들이다. 공포정치의 시련을 겪은 가정 출신의 비니는 국왕을 섬겨야 한다는 생각 속에서 성장했다. 그는 1814년, 17세의 나이로 콩파니루주[근위대]에 들어갔

으며, 루이 18세를 뒤쫓아 강드로 피신했다. 특히 위고는 방데 태생인 어머니의 신념에 충실한 왕당파였으며, 또한 이는 샤토브리앙이라는 인물의 매력에 영향을 받은 덕분이었다. 사실 위고는 당시 문단의 최고봉인 샤토브리앙과 견주어 보고자 하는 꿈을 지니고 있었다. 위고가 자신의 형제들과 함께 1819년에 창간한 최초의 문예지는 《콩세르바퇴르 리테레르》지이었는데, 이것은 샤토브리앙의 《콩세르바퇴르》지를 참고한 것이었다. 이들 소그룹은 보수주의자들이 이끄는 소시에테 데 본 레트르에 가입되어 있었다. 이 그룹은 '모든 정통성과 진정한 영광, 부알로의 통치권이나 루이 르 그랑의 왕관을 옹호하는 사람들'을 끌어모으고자 했다. 1818년에서 1822년 사이에 쓰여진 빅토르 위고의 최초의 오드[서정 단시]는 대혁명의 희생자들을 추모하거나(〈라방데〉·〈베르됭의 처녀들〉·〈키베롱〉·〈루이 17세〉) 혹은 왕권의 회복(〈앙리 4세 동상의 재건립〉·〈보르도 공작의 탄생〉 등)을 찬양하면서 직접적으로 정치적인 모든 주제를 다루고 있다. 위고는 루이 18세로부터 연금을 받았고, 샤를 10세에 의해 계속 지급되었다. 그는 샤를 10세의 대관식에 라마르틴·노디에와 함께 초대를 받았고, (23세의 나이에) 레지옹도뇌르 훈장을 수여받았다. 젊은 낭만주의 작가들의 정치적 참여는 예술가의 앙시앵레짐에 대한 위상을 복원하려는 망상에 종속되어 있었던 것처럼 보인다. 그러한 체제에서 예술가는 이미지로써, 그리고 자신을 유일하게 보증할 수 있는 군주의 명성을 등에 업고서 작업을 할 수 있었을지도 모른다.

• 자유주의적인 측면에서, 이 시기의 정치적 숙고는 역사에서 하나의 고착점을 찾아내기 위해 문학으로부터 분리된다. 콩스탕

과 스탈 부인의 계열을 이어받은 사람들은 기조와 좀더 후에 등장하는 토크빌 등이었다. 기조와 토크빌에게서 우리는 (역사적인) 작품과 정치가 분리될 수 없다는 사실을 다시 깨닫게 된다. 들레클뤼즈의 살롱에 집결하던 자유주의 낭만파 그룹(스탕달·비테)도 있었지만, 그러나 과격 왕당파 낭만주의 작가들의 경우처럼 거기에서도 작가들은 무엇보다 사회의 욕구에 부응하는 예술의 토대를 만드는 데 부심하고 있었다.

이론의 여지도 없이 왕정복고는 정치 분야에 대한 예술의 자율화의 순간과 일치한다. 설사 정치가 예술에 관한 이러한 견해와 자율화에 자극을 주는 것이라 해도 말이다. 그 이유는 아마도 정치적 삶의 상대적인 자유화와 의회 체제라는 제도에서 기인하는 것일지도 모른다. 작가들은 체제에 대한 대립을 계속 유지하려는 책임을 더 이상 느끼지 않았던 것이다.

2. 1830년에서 1848년까지: 단절

'7월 왕정의 섬광'

1830년 7월, 혁명의 3일간은 우선 자유분방한 젊은이들에게 커다란 열광과 희망을 가져다 준다. 그 혁명에서 몇몇 작가들은 주도적인 역할을 담당한다. 뒤마는 자신의 《회상》에서 반란분자들과 함께 어떻게 혁명의 불을 지폈는지, 이어서 수도(首都)에 화약을 재보급하기 위해 어떻게 수아송의 모험에 뛰어들게 되었는지를 기술한다. 〈1830년 7월〉이라는 네르발의 단편도 이를 다루고 있는데, 생존시에 출판되지 않은 이 작품에 따르면, 그는 당시 여러 사건들을 가까이에서 목격하고 있었던 듯하다.

이 혁명은 역사적 움직임에 있어서 일종의 재출발처럼, 그리고 제정 이후부터 말[곡물의 양을 되는 데 쓰는 그릇]에 담겨져 있던 에너지의 해방으로 나타난다. 어떤 사람들은 역사의 이러한 재시동이 사고와 예술, 그리고 행위를 융합시키면서 지적 분야에 유익한 효과를 가져다 주고 있었다는 느낌을 받고 있었다. 1830년의 이 현기증으로부터 자유주의자들에 호의적인 태도를 보이던 젊은 미슐레——그는 '7월 왕정의 섬광'을 찬양했고, 그것이 1789년의 대혁명의 연장선상에 놓여 있다고 생각한다——는 마침내 정의와 권리를 처음으로 확립하는 일종의 역사의 종말을 증언한다. 미슐레의 경우, 혁명이라는 대사건은 작품의 서막을 알리는 것이었다. 1831년, 그는 《보편사 서문》이라는 하나의 강령-성명서를 출판한다. 이것은 인류의 진보와, 프랑스가 그에게 준 자극을 찬양하는 작품이었다. 위고의 경우 〈젊은 프랑스에게〉라는 시에서 7월 혁명은 진보적이지만, 그러나 개량적인 다양한 방식에 따라서 대혁명을 연장해 주는 한 시대를 열었다고 기술한다. 7월 혁명은 다음과 같이 문명의 연속적인 발전의 시작이라고 보았던 것이다:

매일의 일상이 자신을 정복한다.
밑바닥에서부터 꼭대기에 이르기까지
우리는 당당하게 볼 것이다.
해안으로 바닷물이 밀려오듯이
이 계단에서 저 계단으로
억제할 수 없는 자유의 물결이 올라가는 것을.

환 멸

〈젊은 프랑스에게〉라는 시──〈1830년 7월 이후〉라고 다시 명명──는 1835년에 출간된 《황혼의 노래》라는 시집의 서막을 열었다. 그런데 그 시집의 출판이 지연됨으로써 그에 대한 반동의 여지를 남겨두었다. 이 시는 물론 시집의 서두에 위치해 있지만, 제목과는 반대로 서문과 서장은 '우리가 처해 있는 혼란스런 시간'을 강조한다. 사실상 혁명에 대한 짧은 열광 이후로 커다란 실망이 뒤를 잇고 있었던 것이다. 가장 먼저 '이권 쟁탈전'(A. 바르비에의 팜플렛 제목)에 대한 혐오가 나타나고 있었다. 자유주의자들과 연결된 사람들은 높은 지위를 차지하려 너나 할 것 없이 달려들었고, 작가들 역시 이러한 풍조에 편승했다. 메리메는 역사 기념물 검사관에 임명되기 전에 아르구 공작 내각의 수반을 지냈고, 미슐레는 고문서 보관소의 역사부를 지휘했다.

또 다른 인물들에 대한 불만도 있었다. 억압자들에 대항하여 반란을 일으킨 국가들, 즉 폴란드와 이탈리아를 위한 개입을 루이 필리프는 거부했다. 이러한 거부는 1815년의 승리자들이 확립해 놓은 역학 관계에 대외 정책이 순응하고 있음을 나타내 주는 것이다. 특히 공화국에 속고, 혹은 최소한 현실적인 정치적 변화의 모든 가망성을 포기하는 고통은 쓰라린 것이었다. 여러 담론들에서처럼, 그리고 "원칙상 합법적인 그 혁명은 어떻게 보면 보수주의적인 혁명이었다"라고 기조가 단언한 바와 같이, 지도자들은 새로운 체제가 총탄 자국을 지워 내는 기념물들의 정면에서 대혁명을 지우개로 지워 없애 버리려 애쓰고 있었다. 민주적 개혁을 이용하고자 하는 움직임을 보이던 진영은 라피트

내각과 함께 먼저 승리했지만, 그러나 별다른 움직임을 보이지 못한 채 정체되어 있다가 대중들의 끈질긴 동요에 직면하여 우유부단한 태도와 갈등을 보여 줌으로써 인기를 상실해 버린다. 보수적 프로그램에 충실한 반대 진영은 라피트의 몰락 이후, 카시미르 페리에 내각(1831년 3월)과 함께 승리를 거둔다. 그런데 새 체제는 질서를 지배하고 민중들의 정치적 요구 사항을 억압하는 데 있어서 동일한 수단을 사용하면서 거의 비슷한 모습을 보여 줄 뿐이었다. 공화주의자들이나 사회주의자들의 폭동은 괴멸되었고, 1835년 루이 필리프에 대한 피에스키의 테러가 발생하자 일련의 억압적인 법률이 뒤를 따랐다.

• 또 작가들 사이에서 처음으로 정치에 대한 실망감이 나타난다. 정치는 회의주의와 거부 혹은 경멸로 해석된다. 정치에 대한 실망은 〔부르봉 왕가의〕 장자(長子) 계통의 옹호자들에게도 파급되었다. 1830년 이후, 부르봉 왕가와 결탁되어 있던 샤토브리앙은 일종의 정치적인 회의가 스며들도록 방치했고, 자신의 《죽음 저편의 회상》에 전념했는데, 그 속에서 그는 돌출된 의식의 관점을 취한다.

발자크의 경우, 정치에 대한 환멸은 특히 19편의 《파리에 관한 편지들》——1830-31년에 에밀 드 지라르댕의 신문에 《볼뢰르》라고 실린——속에 표현되어 있다. 수 주일 동안 그는 혁명이 '침묵을 지키고 앉아서 권력을 기대하는 대귀족층의 젊은이들을 불러모으기를' 고대하고 있었다. 하지만 이내 당시를 지배하고 있던 7월 혁명의 환상에 대한 잔인한 비판이 일어났다. 발자크의 소설 세계에서는 이러한 실망의 메아리를 빈번하게 찾아볼 수 있다. 소설가는 그것을 소설 속에서, 특히 《Z. 마르카》에

서 한 세대 전체의 실패라고 생각한다:

　　1830년 8월, 포도 덩굴더미를 묶었던 젊은이들에 의해 이룩된
　8월은, 수확물을 숙성시켰던 지식인들에 의해 이룩된 8월은 젊
　은이들과 지식인들의 몫을 망각해 버렸다.

　롤랑 숄레는 이《편지들》속에서 발자크가 체계적으로 어떠한
정당도 요구하지 않았음을 보여 주고 있다고 말한다. 발자크는
문학을 통한 정치적 사상과 현실적 정치의 분리를 창시한 일종
의 비판적 급진주의를 채택한다. 어떤 면에서 정통 왕당파——
현실적으로 미래가 보장되지 않는 정당——덕분에 그는 적극적
인 정치와 일정한 거리를 유지할 수 있었다. 1831–32년에 잠시
정통 왕당파의 적극적인 태도를 시도한 이후, 그는 정치적 행위
로부터 벗어난다. 그로서는 1830년의 경험을 통해서 명석함과
현실 감각이 더욱 필요하다는 사실을 터득했던 것이다.

　• 고티에·네르발·뮈세와 같은 더욱 젊은 세대는 다른 측면
에서 충격을 받았다. 1830년 이전에는 상당수의 작가들이 완전
히 좌파에 가담해 있었다. 네르발이 그 경우로서, 1826–27년에
발표된 그의 정치적 작품들——《나폴레옹과 호전적인 프랑스》
(1826)·《국가의 엘레지》(1827)——은 애국적인 자유주의를 증
명해 주고 있다. 그는 1830년 이후 일시적으로 이러한 정치적
영감을 되찾았으나, 이는 〔왕정복고 시대의〕 '정리론자들'에 휩
싸여 있는 새로운 정부를 고사시킬 목적이었다.
　네르발은 프티 세나클이라는 이름으로 다시 명명된 죈프랑스
그룹에 가담했는데, 이 그룹은 조각가인 제안 뒤세뇌르의 아틀

리에로 일단의 젊은 예술가들(고티에 · 오네디 · 페트뤼 보렐 · 네르발 · 막 키트 등)을 불러모으고 있었다. 이들을 지칭하는 '죈프랑스'라는 용어의 발전 과정은 의미심장하다. 7월 혁명 이전에 그 표현은 자유분방하고 전투적인 젊은 층을 겨냥한 것이다. 1830년 이후, 《피가로》지에 실린 한 기사는 '죈프랑스'의 전형적인 유형을 만들어 내면서 낭만적이면서도 엉뚱하고, 반부르주아적이며 때로 공화주의적인 젊은이들의 특징을 규정하기 위해 이 용어를 사용한다. 1830-34년의 공화주의자들의 동요에 대한 그들의 호감을 부인할 수는 없다. 그러나 P. 베니슈의 말에 의하면, 설사 정치적 과격주의와 미학적 급진주의 사이의 혼동이 공통적으로 외부의 표지(수염이라든가 의복 등)에 의해 조장될 수 있다 하더라도, 죈프랑스 그룹의 젊은이들을 학생이든 서투른 혁명가든 '부쟁고'[1830년 혁명 이후의 민주주의파]와 동일시하는 것은 지나친 처사일지도 모른다. 그럼에도 예술 분야에 열광하고 엉뚱한 행위를 즐기는 그들의 태도는 정치적인 실망감, 그리고 무용지물인 혁명이 초래한 불합리성에 대한 뿌리 깊은 감정을 말해 준다. 발자크의 소설 《신비로운 도톨 가죽》에서, 1830년 가을에 창립된 한 좌파 신문을 축하하기 위해 베풀어진 향연은 정치적인 말장난이 난무하는 와중에서 그 세대가 느끼던 절망감을 보여 주고 있다. 1830년 이후의 문학에서 환상적인 요소가 다시 맹위를 떨치는 것도 현실과의 고통스런 관계를 증명해 주는 것이다.

아마도 이들 중 일부는 더욱 혁신적인 태도를 취했을 것이며, 그 뒤에 오는 결과를 인정하고 싶지 않은(네르발의 〈나의 감옥들〉의 한 텍스트를 보면 그런 생각이 든다) 폭동의 움직임에 더욱 직접적으로 참여했을 수도 있을 것이다. 그럼에도 정치적인 참여는 예술적인 표현으로 귀착된다. 하지만 정치적 참여의 예술적인 표현은 현실과의 거리와 그 실현에 대한 포기를 말해 준다.

사실상 1830년은 예리한 방식으로 사상과 행동 사이의 연결이라는 문제를 제기한다. 뒤마와 네르발을 제쳐두고 혁명에 동참한 작가는 거의 없다. 발자크도, 위고도 파리에 없었다. 행동의 거부는 젊은 부르주아 예술가들에게 도덕적인 문제를 제기한다. 한편 혁명은 폭력으로 드러난다. 또 다른 한편으로 사상은 현실을 변화시키는 데 있어서 비효율성을 인정한다. 폭력으로 귀착된 행동과 허영으로 귀착된 사상은 정치인들의 조작에 자유로운 영지를 넘겨 준다. 이러한 이중적 무능함으로 격하된 정치는 그에 대한 무관심이나 혐오만을 초래할 수 있을 뿐이다.

그래서 정치는 그 이전의 시대와는 반대로, 예를 들어 《로렌차초》가 보여 주듯이 환자의 절개 수술 부위와도 같은 것처럼 보였다. 그리하여 뮈세와 스탕달(《파름의 수도원》·《뤼시앵 뢰뱅》)과 발자크(《아르시의 국회의원》)의 경우, 연극과 가면무도회, 그리고 속임수의 은유가 정치에 대한 표현을 지배한다. 반대명제로서 문학은 진실의 장소로 규정되고, 이는 적어도 실행되고 있는 바로 그러한 정치와 양립할 수 없음을 보여 주는 것이다.

장년 세대의 정치 입문

1830년의 환멸은 덜 급진적인 방식으로 낭만주의의 장년층에게로 파급된다. 이들은 정치로부터 등을 돌리지는 않았다. 오히려 더욱 깊숙이 참여해야 한다는 책임감을 느끼고 있었다.

• 위고는 자신의 희곡의 실패를 통해서 정치적 변화가 지니고

있던 공허한 성격을 경험한다. 왕정복고는 위고의 희곡 《마리옹 드 로름》이 국왕 루이 13세에 대해 평가절하된 이미지를 부여하고 있다는 구실로 검열을 통해 삭제했다. 1832년 11월, 《왕의 장난》이라는 희곡의 상연이 중지된 것은 새로운 체제하에서 그 예술가에게 더 이상 자유가 없었음을 보여 주는 것이다. 테아트르 프랑세를 상대로 소송을 건 위고는 상사재판소의 법정에 출두하여 작품의 서문을 통해 여론에 호소했으며, 그 작품을 소송기록과 함께 출판했다. 그는 1814년 헌장에 따른 조치의 부당함을 고발했다. 희곡 1편에 대한 장관의 삭제 조치는 공공의 자유를 억압하는 하나의 폭력으로서, 이는 7월 혁명을 촉발시킨 샤를 10세의 칙령에 비견될 만한 것이었다.

어디에 법이 있단 말인가? 어디에 법률이 있단 말인가? 이것이 그렇게 시들어 갈 수 있단 말인가? 실제로 7월 혁명이라 부를 만한 그 무엇이 있었단 말인가? 분명한 것은 우리가 더 이상 파리에 없다는 사실이다. 어떤 파샤의 관할 지역에서 우리는 살고 있는 것일까? (《왕의 장난》의 서문, 1832)

위고는 새 체제가 과거 체제의 복사판에 불과하다는 것을 애석해 하는 것으로 그치지 않았고, 그것을 감수하지도 않았다. 그는 늘상 든든하며 최고의 권위를 지니는 것으로 생각되는 여론에 도움을 요청하면서 정부가 독재의 유혹에 빠지는 것을 경계했다. 그는 1833년 《뤼크레스 보르지아》의 서문에서, '이후 필요한 경우 정치적인 투쟁과 문학작품 활동을 병행할 작정'이라고 공언했다. 그럼에도 불구하고 그는 이러한 정치적 투쟁을 문학의 영역 밖에서는 고려하지 않았다. 예술의 자유를 옹호하면서 위고는 도시의 자유를 위해 투쟁하리라 생각했던 것이다. 이 예술가는 예술이 사회적·정치적 사명으로 인지되는 정도에 따라 예술을 통해서만 효과적으로 정치적인 투쟁을 이끌 수 있었다. 정치적 투쟁이란 미학적인 투쟁의 상관항에 불과한 것이었다.

• 라마르틴은 문학의 영토를 떠나서 파드칼레 지역의 국회의원에 입후보했다. 오를레앙 가의 장자(長子) 계통에 반대한 그는 정통 왕당파의 지원을 받았으나, 자유주의적인 사상을 표명했던 까닭에 혁신적인 자유주의자들의 지원을 받기도 했다. 1831년의 낙선 이후, 그는 1832년에는 베르그에서, 1837년에는 마콩에서 각각 국회의원에 당선된다. 그후 1848년까지 계속해서 의회의 의석을 차지하고 있었다. 그의 정치적 위상을 처음부터 명확히 구분한다는 것은 상당히 어려운 일이다. 정견 발표를 위해 1831년에 쓴 《이성적인 정치》라는 소책자 속에서 그는 세습 귀족 신분의 폐지와 언론의 자유, 공교육의 발전, 교회와 국가의 분리, 그리고 선거 제도의 개혁에 대비한 프로그램을 전개했다. 이 프로그램에는 다양한 영향의 흔적들, 즉 신가톨릭주의(교회와 국가의 분리)와 중상주의(유럽 대륙 국민들의 연합을 바탕으로 무역의 확대와 안전을 확립할 것을 주장하는 평화주의), 정통 왕정주의뿐만 아니라 민주적 자유주의의 영향의 흔적들이 배어 있었다. 게다가 그는 질서 사상을 지지했으나, 7월 왕당파의 정치를 옹호하기도 했다.

국회의사당에서 그는 스스로 프랑스 국회의원(프랑스의 한 선거구의 의원이 되기 이전에 국가를 대표하는)이 되고 싶어했고, 전체적인 문제들을 다루었다. 사실상 그는 자신에게 제안된 분과와는 다른 분과에 등록하는 경향을 보였다. 그는 국회의원들이라면 진저리를 치는 국가 전체를 상대로 이처럼 '남의 눈을 의식하지 말고 말할 것'을 주장했다. 그는 스스로 정치의 파수꾼이 되고자 했으며, 그리하여 사회적인 화해를 권유하고, 정치인의 정치와 7월 왕정하에서의 정당들의 정부를 초월한 '덕망 있는 인사들'의 단합을 권유했던 것이다. 나라 전체를 상대로 하면서 혁명 행위를 초래하지 않는 범위 내에서 정치의 객관적 조건들로부터 벗어나려는 이러한 욕구는 정치·문학적 태도로 규정될 수 있다. 피에르 플로트가 쓴 것과 같이, "각 정부의 고정된 질서에 시라는 움직이는 질서가 대립하게 된다."

사회적 낭만주의

1830년 이후 프랑스 문학 위로 '생시몽주의·사회주의·생트 알리앙스 데 푀플에 감동한 하나의 숨결처럼' 사회적 낭만주의가 스쳐 지나간다.(생트 뵈브)

• 사회주의의 이론은 혁명의 실망에 대해 비폭력적인 변화를 번갈아 가면서 사용하는 수단을 제안한다. 나아가 사회주의의 이론은 자유주의자와 정리론자들이 한 바와 같이, 목표에 도달하자마자 부인되는 사상의 이름으로 권력을 쟁취하는 것을 목표로 삼았던 것 같지는 않다. 1830년 이후 많은 작가들이 생시몽주의에 다가서고 있었다. '이권 쟁탈전'에 혐오감을 지닌 생트 뵈브는 공화국과 사회주의 이론에 호의적이었다. 그는 계속해서 《글로브》지에 글을 기고했는데, 원래 자유주의자들의 신문이던 《글로브》지는 피에르 르루를 중심으로 생시몽주의의 기관지로 변모하고 있던 중이었다. 그는 피에르 르루와 함께 중요한 몇몇 텍스

트의 편찬에 참여했다. 비니도 잠시나마 그들의 팀에 합류했다.

• 이들이 사회주의 이론에 많은 흥미를 느꼈던 것은 그 이론이 사회에서 차지하는 예술의 위상과 역할에 관한 숙고를 제안했기 때문이며, 1830년 이후 예술가도 느낄 수 있었던 예술에 대한 무용론(無用論)의 감정을 일시적으로 완화시켜 주었기 때문이다. 생시몽주의자들은 예술이란 사회적 사명을 지니고서 문명의 발전에 기여한다고 생각했다. 예술가의 성스런 지위에 관한 이러한 생각은 반혁명 철학에서도 되풀이되었다. 그러나 생시몽주의자들은 작가의 책임과 의무, 그리고 개입의 권리를 강조했다. 피에르 르루와 이폴리트 카르노는 1831년 9월 《르뷔 앙시클로페디크》지를 창간하면서, 이 잡지는 특히 철학자와 예술가를 대상으로 한다고 선언했다. 이들은 철학자와 예술가들에게 당시의 정신적 욕구에 응답하고, 그리하여 인류의 발전을 준비할 의무를 부여했다. "예술과 노동, 이것이 바로 공화주의 여론의 요소들이며, 이 두 가지 힘을 가지고 공화주의 여론은 언젠가 세계를 소유할 것이다"라고 아르망 마라스트는 1834년에 선언한다.

일찍이 사회적 진보주의로 방향을 잡은 라므네의 신가톨릭주의는 비슷한 이론들을 옹호한다. 그의 신문 《아브니르》지(1830-31)는 예술가들에게 《르뷔 앙시클로페디크》지와 동일한 메시지를 보내고 있었다. "구(舊)세계는 해체되고, 미래의 종교가 희망에 찬 인간이라는 종(種)과 그의 미래의 운명에 최초의 섬광을 투사한다. 예술가는 미래의 운명의 예언자가 되어야 한다."(《철학 스케치》, 1840)

• 1840년대를 전후로 근본적인 문제는 더 이상 정치적인 것이 아니라 사회적인 문제라는 생각이 퍼져 나가기 시작한다. 1789년의 대혁명은 정치적인 변화를 완성했고, 이러한 변화가 총체적으로 도덕 관념에 스며들었으며, 그때부터 역사는 사회적 변화를 기다리고 있었다. 정치적 논쟁은 피상적인 것에 불과했고, 권력을 서로 다투는 정당들——그러나 정당들은 모두가 동일한 계층을 대표했다——을 대립시켰고, 그 동일한 계층의 다양한 그룹들 사이에서 벌어지는 이해 관계의 충돌을 덮어 감추고 있었다. 정치적 논쟁은 해결책을 제시하고 싶어하지 않는 사회적인 문제들 자체를 은폐했을 수도 있다. 그릇된 정치적 논쟁에서 등을 돌린 에너지는 따라서 '사회적인 문제'(이러한 표현은 보편적으로 존재한다)로 집중될 수밖에 없었다.

사회주의로 개종한 소설가들은 이렇듯 필요한 시각의 변화를 권유했다. 1841-42년에 스스로 '공화주의자이자 사회주의자'임을 선언한 외젠 쉬는 《파리의 비밀》(1842-43)이라는 글을 신문에 연재했다. 그것은 두 개의 대중층을 겨냥한 것이었다. 자신의 독자들 거의 전부를 형성하는 특권층에게는 고통에 신음하는 국민들의 모습을 보여 주었다. 기본적으로 선량한 본성을 지닌 국민들은 빈곤의 악순환을 통해서만 타락하므로 특권층에 자선을 호소했던 것이다. 그는 또한 자기 자신을 열광시키고, 자신의 전투적 에너지를 쉽사리 자극하는 이미지를 제공해 주는 국민들에게도 메시지를 보냈다.

조르주 상드는 1833년부터 《글로브》지의 편집자들 중 한 명인 생시몽주의자 게루와 관계를 갖고 있었으며, 이어 베리 출신의 동향인 미셸 드 부르주와도 관계를 맺고 있었다. 결국 조르주 상드를 설득하는 데 성공한 사람은 라므네와 피에르 르루였다.

상드는 1841년 피에르 르루와 루이 비아르도와 함께 《르뷔 앵데 팡당트》지를 창간하는데, 이것은 유용한 사회적 예술을 옹호하는 사람들의 주요 기관지였다. 그녀는 전원 소설인 《앙지보의 제 분업자》(1845)를 쓰기 시작했다. 그 소설에서는 지리적인 이동의 의미를 명확하게 깨달을 수 있다. 지리적인 이동의 의미는 정치적인 논쟁과 거리를 유지하는 것을 말한다. 파리에서 멀리 떨어져 살고 있는 소설의 등장인물들은 이제는 필요한 사회적 혁신을 깊이 생각해 볼 수 있었고, (거의) 손대지 않은 처녀지의 공간에서 그것을 사용하기 시작했다.

이러한 시각 속에서 문학은 정치의 장소 그 자체, 즉 사회 문제에 대한 해결과 사회의 재조직화를 최우선으로 다루는 참된 정치가 가다듬어지는 유일한 공간이었다. 정치의 이러한 변화는 당시의 프랑스에서 시행되고 있던 바로 그러한 정치 수단들을 통해서는 이루어질 수 없었지만, 그 변화에는 정신·도덕·관습에 관한 심오한 개혁적 행동이 요구되고 있었다. 따라서 문학이 특권화된 정치적 도구로서 등장하고 있었던 것이다.

1840년대의 정치적 이완

1840년대에는 부르주아 왕정이 그 주변에서 정치성이 배제된 어떤 합의를 도출하는 데 성공한 것처럼 보인다. 9월 법령 이후부터(1834-35) 공화주의와 사회주의의 반대가 지하로 사그러들고, 정통 왕당파와 나폴레옹파의 위협이 자취를 감추었다. 그리하여 부르주아 왕정은 사실상 완벽한 정치적 독점권을 행사한다. 1842년 선거는 체제를 지지하는 사람들의 압도적인 승리를 목격한다. 1846년, 술트-기조 내각은 의회에서 절대다수를 확보한다. 정치에 참여한 신문은 탈정치화된 새로운 형태의 대중매체(지라르댕이 창안한 저렴한 가격의 신문들)에 길을 양보한다. 그 체제의 말기에 들어서서 상황은 의회주의에 회의를 품은 루이 필리프의 개인적인 권력의 행사로 인해 더욱 악화되어 간다. 발자크는 1847년에 다음과 같이 말한다: 이러한 제도에서 "의회와 내각은 항상 놀라 지나가는 사람들을 즐겁게 해주려는, 기놀의 연극에서 조종되는 꼭두각시와 흡사하다."(《아르시의 국회의원》)

부르주아 왕정은 예술과 사상 자체를 탈정치화시키는 데 골몰한다. 도시 정책에 있어서 왕정은 파리의 몇몇 장소에 대한 너무나도 명백한 의미를 엄폐하려 애쓴다. 예술에서, 건축에서, 그리고 철학에서 왕정은 체계적으로 무의미한 것, 허망한 것을 찾아낸다. 문학에서도 시도된 이러한 속임수는 생트 뵈브의 〈문학의 상황에 관한 어떤 진실〉(1843)에서도 폭로된다.

이러한 맥락에서 투쟁적이며 정치적인 낭만주의는 더 이상 자신의 대중을 찾지 않았으며, 같은 해인 1843년에 《성주들》의 몰락과 함께 연극은 어려운 상황에 처하게 된다. 이 해는 프랑수아 퐁사르의 신고전극 《뤼크레스》가 성공을 거둔 해였다.

사람들 역시 그 제도에 의해 회유되고 있었던 듯하다. 1840년대에 빅토르 위고는 '왕궁'을 내 집처럼 드나들고 있었다. 그는 왕권의 계승자인 오를레앙 공 부처와, 국왕으로부터 인텔리겐치아 계층을 끌어들이는 임무를 부여받은 엘렌 공주와 빈번히 접촉했다. 왕실의 의식에 참여하는가 하면, 레지옹도뇌르 훈장을 수여받고 장교로 승진하기도 한다. 체제를 대변하는 거의 공식적인 시인이 되다시피 했던 것이다. 왕실이 압력을 넣어 그는 1841년 아카데미 프랑세즈 회원으로 선출되었고, 그의 입회식에 왕실 가족의 멤버들이 참석할 정도였다. 아카데미 프랑세즈 회원의 입회식에서 행한 그의 연설은 그리스도교 민주주의에 대한 정치적 사상을 표현하는 것이었다. 그는 7월 왕정이 자신에게 굴복하고 싶어하지 않았음에도 불구하고, 온정이 담긴 그럴듯한 수단들을 통해 진보적인 작품을 그 왕정에 강요하는 사회적 위협을 강조했다. 1845년, 국왕은 그를 프랑스 상원의원으로 임명했다. 대중의 빈곤에 민감한 태도를 보이면서도 그러나 질서에 집착하던 그는 이 무렵, 여전히 너무도 개혁적인 정신으로 《레 미제라블》의 초고를 쓰기 시작한다.

1835년 이후 뮈세는 자신의 시를 통해 국왕과 관련된 대사건들, 말하자면 뫼니에의 음모나 오를레앙 공의 사망을 널리 퍼뜨렸다. 특히 재정적 필요성 때문에 더욱 은밀히 행한 또 다른 연합의 움직임을 시사할 수도 있을 듯하다. 1836년, 네르발은 기조의 정책을 지원하는 신문 《샤르트 드 1830》의 희곡란 서평을 일년간 담당했다. 그는 1839년에는 루이 필리프 정부를 위해 오스트리아에서 공식적인 임무를 수행했다.

혁명의 전통의 복귀

그러나 1840년대 초는 당시까지 온건한 반대의 입장을 취하거나 신중한 태도를 취하고 있던 다수의 작가들에게 있어서 더욱 분명한 정치적 개입의 흔적을 지닌다. 위고의 예를 따라 많은 작가들이 민중의 통치권 행사를 향한 필요한 과도기적 단계로서 7월 왕정을 받아들였다. 1843년의 연설에서 라마르틴은 사람들이 7월 왕정의 정부에 기대하고 있던 것이 무엇인지를 이렇게 요약한다: '대중의 정부'가 그 원동력이 되었어야 할 '현명하면서도 확장되어 가는 민주주의, 지성의 민주주의, 노동의 민주주의.' 이러한 프로그램의 명백한 실패에 대해 즉각적으로 공화국의 수립을 바라는 작가들의 숫자도 늘어간다.

라마르틴은 1843년 1월 27일자 연설을 통해 자신의 '커다란 반대'의 움직임을 시작한다. 그는 대혁명을 내세우는 것을 전적으로 반대한다. 그로서는 1789년의 원칙으로 되돌아가는 일이 바람직하다는 것이었다. 그가 선두에 서고 싶어했던 반대의 움직임은 "50년 전부터 차례차례로 왜곡되고 과장되거나, 혹은 신뢰를 저버린 프랑스 혁명의 진정한 의미를 나타내 주는 것일지도 모른다."

〔정부가 자신이 일으킨 혁명의 반대 방향으로 나아가는 경우, 프랑스에〕 반대해야 한다. ……혁명의 정신 속에 반대가 있고, 정부가 더 이상 그곳에 존재하지 않음을 프랑스가 깨닫게 되는 날, 정부가 해야 할 일은 스스로 변화하거나 혹은 사라지는 일일 것이다. (《르 비앙 퓌블릭》, 1843)

라마르틴의 정치 활동은 거의 문학을 통해서만 이루어질 수 있었다. 혁명의 전통을 설명하는 그의 작품 《지롱드 당사》(1847) ──이를 통해 그의 정치적 범위를 엿볼 수 있다──는 커다란 성공을 거두었다. 그는 또 《르 비앙 퓌블릭》지를 창간하면서 여러 가지 관련 수단을 시도했다. 그 수단은 바로 대중적인 신문을 창간하는 일이었다.

콜레주 드 프랑스의 교수였던 미슐레와 키네는 같은 시기에 루이 필리프의 체제에 대한 반대 캠페인을 벌이기 시작했다. 이 캠페인은 혁명의 전통으로 복귀해야 한다는 요청과 사회적인 재생이 필요하다는 관념을 토대로 형성된 것이었다.

3. 1848년 : 정치에서의 작가들

1848년, 작가들과 예술가들은 그들의 예술에 있어 중요한 경험이 될 한 혁명에 직접적으로 참여한다. 그들 중 몇몇은 보들레르처럼 폭도들과 함께 거리로 나왔다. 2월 24일, 바리케이트 뒤에서 사냥총을 들고 있던 보들레르의 모습을 뷔시 사거리에서 볼 수 있었을 것이다. 나아가 그는 폭도로서 피에르 뒤퐁과 함께 6월 폭동에 참여했었을 것이다.

또 다른 작가들도 선전 활동이나 신문·클럽에 참여한다. 네르발은 에스키로와 함께 '클뤼브 데 오귀스탱'을 창립했으며, 조르주 상드는 베리 지역에서 혁명을 알리는 데 앞장섰지만, 농촌 지역 주민들이 주도권을 갖지 못하자 실망하여 파리로 돌아와 정부에 협력했고, 《빌르탱 드 라 레퓌블리크》지와 그밖의 무수한 공화주의 신문들, 그리고 사회주의 신문의 편집에 참여했다. 보들레르는 샹플뢰리와 함께 단명한 혁명지 《살뤼 퓌블릭》지(제2호까지 출간)를 창간했으며, 이어 여러 신문이나 민주주의적 연감에 기고했다.

이전의 체제하에서 그들이 설정할 줄 알았던 여론과의 협상 덕택으로 일단의 작가들이 정치가가 되었으며, 자신들의 명성 덕분에 의회로 진출했다. 위고·에드가 키네·외젠 쉬가 국회의원으로 당선되었다. 그밖의 작가들은 이들보다 정치적으로 미약한 성공을 거두었다. 비니는 1848년과 1849년에 두 번의 실패를 경험했다. 혁명 이전에 푸리에주의자들과 가까이 지내고 있던 르콩트 드 릴은 선거를 준비하라는 임무와 함께 디낭으로 파견되었다. 그러나 디낭에서 그는 돌세례를 받고서 진저리를 치면서 돌아왔다. 그는 여전히 열렬한 공화주의자였지만, 그것을 행동으로 옮길 마음은 거의 없었던 것이다.

이 혁명에서 작가들의 승리를 가장 잘 구현한 사람은 라마르틴이었다. 임시정부의 멤버로서 공화국의 선포와 그 상징들의 선정에 있어서 그의 역할은 결정적이었다. 이어 그는 외무부 장관에 임명되었는데, 그의 평화적 국제주의는 이러한 경력에서 기인한 것일 것이다. 그러나 그의 역할은 눈부신 만큼이나 그 수명도 짧았다. 1848년, 공화국의 수상 선거에 입후보한 그는 불행하게도 선거의 패배로 치명타를 입고서 마침내 정치의 무대에서 자취를 감추었다.

요컨대 1848년 6월은 정치와 문학의 이렇듯 짧은 공생 관계를 특징으로 한다. 정치적 참여가 지속적으로 6월 폭동보다 오래 간 작가들은 드물다. 국립작업장의 폐쇄가 알려지자 촉발된 민중의 봉기는 카베냐크 장군의 권위 아래 국민병과 공화국 군대에 의해 진압된다. 이 혼란스런 학살은 그 와중에 반동의 국면을 초래하기 시작했고, 그로부터 보수주의자들이 장악한 의회는 공화국을 파괴하기 시작했다.

바로 이러한 진화 과정을 통해 1830년이 초래한 정치와 비슷한 정치, 그러나 더욱 민감한 정치에 대한 흥미가 사라지게 된다. 확립된 공화국은 이제 유지될 수 없었고, 부르주아 계층은 대중에게 타격을 가했으며, 대중은 보통선거를 이용하여 부르주아 계층에 승리를 거둘 수 있는 인물, 즉 루이 나폴레옹 보나파르트를 파견한다. 그리하여 1849년부터 작가들의 변절이 두드러지기 시작한다. 그저 지켜보는 것만으로 이익을 꾀했던 주동자가 아닌 사람들——후에 《1848년의 추억들》(1876)이라는 작품의 저자가 된 막심 뒤 캉과 같은——은 잠시 프랑스를 떠났다. 뒤 캉은 플로베르와 함께 1849년에 중동으로 여행을 떠났다. 같은 해에 공쿠르 형제는 배낭을 메고서 프랑스를 일주하기 시작했으며, 르낭은 8개월 동안 이탈리아를 여행했다.

프랑스에 남아 있던 사람들에게는 공화국의 최후의 광경이 시작되고 있었으며, 그 광경은 그들에게 깊은 충격을 주었다. 6월에 의원에 선출된 위고는 보수파 대열의 우파에 자리잡는다. 폭동을 비난했음에도 불구하고 6월 이후 그는 기본적인 자유가 위험에 처할 때마다 좌파에 투표했다. 즉 7월의 언론 억압에 반대했고, 집단적인 강제수용과 보통선거에 가해진 제한조치에 반대했던 것이다. 1848년 7월에는 《에벤맹》지를 창간한다. 6월의 학살자인 카비냐크에 대한 적대감으로, 그리고 시민의 안녕 속에서 사회적 진보를 구현할 사람으로 생각되는 루이 나폴레옹 보나파르트라는 인물에 매료된 위고는 그의 입후보를 지지한다. 보수주의자들 덕분으로 재선되었음에도 불구하고 위고는 과격하고 몽매주의적이고 성직자적인 우파로부터 멀어져 간다. 빈곤에 관한 그의 연설(1849)과, 교육의 독점권을 성직자에게 부여하는 팔루 법안(1850)에 대한 반대는 보수파와의 점진적인 결별의 표시였다. 그는 교육 분야에서의 사상(비종교적인 초등학교 의무 교육)과 사회적 목표에 대한 경제적 간섭주의, 그리고 자유와 민주주의에 대한 옹호에 있어서 공감하던 몽타뉴('민주주의적·사회주의적' 공화국에 호의적인 야당)와 가까워졌다. 1850년 6월, 선거법에 의해 보통선거의 제한조치가 이루어진 이후 위고는 스스로 '야당'임을 자처한다. 민주주의적이며 사회주의적인 입장으로 이동하는 그의 정치 행로는 1851년에 종료된다.

쿠데타가 일어나던 날 밤, 위고는 몇몇 극좌파 의원들과 함께 무장 저항운동을 조직하고자 애쓴다. 저항이 실패로 돌아가자 우선 브뤼셀로 피신하는데, 벨기에 정부가 바야흐로 프랑스의 압력을 받으면서 '국외의 군주'에 대한 공격을 일체 금지하려 하고 있었던 까닭에 그는 벨기에 정부의 추방에 앞서 저지로 출발했다.

4. 제2제정: 탈정치화?

공화주의자들이 품고 있던 희망의 붕괴, 이 내란——6월 폭동——으로 인해 백일하에 드러난 심각하고도 위협적인 사회적 분열, 독재에 맞선 국민의 행동의 결여에 대한 실망, 공화국의 난파를 초래하면서 자신들의 이익만이 중요하다는 사실을 분명히 폭로한 부르주아층에 대한 혐오, 이 모든 것이 작가들에게 제2제정에 대한 탈정치화의 계기를 만들어 주는 데 기여한다. 이것은 어느 정도 강요된 탈정치화의 경향이기도 하다. 그 체제가 토대를 두고 있는 공공의 자유에 대한 가혹한 억압은 표현의 자유를 가차없이 축소시키는 데 기여한다.

왕당파의 제3공화국 가담

이러한 맥락에서 상당수 작가들은 사회 주변의 침울한 분위기 속에서는 강인한 사람으로 보이는 황제측에 가담하는 것이 더욱 안전한 길이라고 생각하고 있었다. 나아가 황제는 자신들에게 지위와 영광스런 보상을 해줄 것이라고 믿고 있었던 때문이다.

스크리브·라비슈·알렉상드르 뒤마(fils)·메리메(1853년에 귀족원에 들어왔다)는 나폴레옹파에 가담한다. 뮈세는 황제측에 가담하는 조건으로 아카데미 프랑세즈의 자리를 획득하고, 낭만주의와 항거 정신의 포기를 담고 있는 연설을 행한다. 또 사회적인 공포 분위기가 몇 가지 태도를 완전히 결정한다. 1851년, 국민투표가 실시되었을 때, 비니는 '7백만 명의 찬성표'에 자신의 표를 추가한다. '이들의 찬성표는 쿠데타 직후, 일거에 공산주의에 타격을 가한다.' 정통 왕당파들, 즉 '코글리오니 정당'을 철저히 경멸하고, 나폴레옹과 동맹시(同盟市) 전쟁 사이에서 제3의 해결책은 없노라고 확신한 바르베 도르비이는 나폴레옹파의 기관지인 《퓌블릭》지에 참여하여 제정을 위해 열렬히 투쟁한다. 많은 작가들이 황제의 휴양지인 콩피에뉴에서 환대를 받았다. 정부는 미풍양속에 유익하고 체제의 보존에 기여하는 예술을 부추기고자 했다.

생트 뵈브는 《모니퇴르》지의 공식적인 기사란에 안주하여 글을 썼는데, 거기서 그는 '진보와 규칙의 시대'의 출현에 대한 경의를 표했다. 이러한 독점적 기사로 인해 왕당파인 라프라드는 격분했다. 그는 1861년에 격렬한 풍자로 '국가의 뮤즈'를 고발했다:

생트 뵈브가 꿈꾸었던 그날이 언젠가는 도래하리라.
그날이 오면 국가의 뮤즈는 우리의 손을 부여잡고
우리에게 인간의 정신을 불어넣으리라.

당시 리옹 대학의 종신교수였던 라프라드는 이 글을 발표한 직후 국가로부터 소환되었다.

참여로부터의 이탈

"12월 2일은 육체적으로 나를 탈정치화시켰다"라고 보들레르
는 쓰고 있다.(《서한집》) 정치에 대한 일반적인 혐오감에 사로잡
혀 있었던 사람은 그가 유일하지는 않았다. 플로베르 소설의 등
장인물인 페퀴셰의 반항은 국민과 체제에 대한 이 작가들의 생
각을 표현해 준다:

> 부르주아들은 잔인하고, 노동자들은 질투심이 강하고, 사제들
> 은 비굴하기 때문에, 그리고 결국 국민들은 자신의 도시락에 하찮
> 은 것이라도 먹을 것이 남아 있다면 결국 모든 폭군들을 받아들
> 이지. 나폴레옹은 아주 잘했어! 그는 국민의 입을 봉하고, 국민을
> 짓밟고, 전멸시키고 있어! 법에 대한 그의 증오와 비열함·무능
> 함, 그리고 무분별에 비추어 보면 그건 결코 지나친 일이 아닐 거
> 야! (플로베르, 《부바르와 페퀴셰》)

어떤 사람들은 과학의 탐구와 철학적인 사색의 세계에서 피난
처를 찾고 있었다. 실증주의와 과학만능주의가 판을 치던 이 시
기에 있어서 나름대로의 자율성을 확신한 과학은 근본적으로 정
치에 대해 낯선 분야처럼 보였다. 쿠데타로 인해 선량한 시민들
의 비탄의 표시를 빈정거리는 어조로 받아들이는 국민들에 대해
혐오감을 갖게 된 르낭은 다음과 같이 선언한다: "1852년부터
나는 완전히 호기심 많은 사람이 되어 있었다. 우리는 정치로부
터 벗어나야만 한다."(《학문의 미래》의 서문)

또 다른 사람들에게 예술은 이에 비견될 만한 상아탑을 제공

한다. 뒤 캉·고티에·아르센 우세 등이 1851년에 창간한 새로운 《르뷔 드 파리》는 어떠한 정치적 문제도 취급하지 않았던 듯하다. 정치적이거나 도덕적인 일체의 개입에 대한 적대감을 선언한 고티에·플로베르·보들레르는 폐쇄적인 서클에서 싹튼 실망과 쓰라림·기권에 토대를 둔 예술의 일종의 비의(秘義)적 개념으로 후퇴한다.

정치에 대한 똑같은 거부로 결합된 예술과 과학은 또한 몇몇 미학적인 계획으로 조합될 수 있었다. 브르타뉴 지역의 입후보에서 참패한 이후 르콩트 드 릴은 오로지 엄격한 역사적 연구를 기초로 하는 시에 전념하기로 결정한다.

그러나 예술을 위한 예술을 주장하는 사람들은 강력한 권력이 뒷받침되는 문학·예술의 옹호를 통해 보호받으면서 황실 귀족들의 살롱에서, 특히 마틸드 공주의 살롱에서 인정받고 있었다. 대부분의 살롱은 대단히 권위적인 정부의 형태를 선호했다. 제정이 자유주의적 경향을 띠고, 정치적 삶이 다시 부활하기 시작하자 공쿠르 형제는 그들의 《일기》에서 '약체화된 제정의 이런 무질서한 집단'에 대해 불평을 늘어놓는다. 산술상의 수효가 보여 주는 맹점으로 인해 보통선거는 귀족들의 모든 증오의 대상이 된다. "바로 이러한 통치[제2제정]의 커다란 도덕성은 보통선거 역시 신권보다 덜 가증스런 것이라 하더라도 신권만큼이나 어리석은 것이라는 사실을 증명하는 일일 것이다"라고 플로베르는 쓰고 있다. 플로베르 역시 얼간이들의 수효를 증가시키는 무상 의무 교육을 통렬히 비난했다: "민주주의의 모든 꿈은 프롤레타리아를 바보 같은 부르주아의 수준으로 올려 놓는 것이다."(《서한집》)

저 항

그럼에도 정치를 언급하거나 정치의 내재적 차원으로서 문학에 정치를 삽입하는 것을 모두가 거부한 것은 아니다. 제정에 반대하는 사람들은 망명중에도 계속해서 글을 썼고, 그리하여 그들에게 있어서 문학은 달리 다른 형태를 취할 수 없는 정치적 표현의 유일한 도구였다. 여기서 다른 형태란 정치적 의식이 아직도 형성되지 않은 국민들을 자극할 수 있는 유일하고도 가능성 있는 형태를 의미한다. 키네는 위고처럼 1859년의 사면을 거부하면서 스위스에서 18년간의 망명 생활을 했고, 쉬는 사부아지방에서 5년 동안의 망명 끝에 사망한다. 그밖의 미슐레와 같은 사람들은 이 치욕스런 체제에서 일체의 공직을 거부하면서 일종의 내적인 망명 생활을 하였다. 지방에 칩거한 라마르틴과 상드는 개혁적인 시각으로 국민을 위한 문학이 무엇인가를 숙고했다.

혁명 이전의 정치적인 입장들은 더 이상 유지될 수 없었다. 1852년에는 1848년에 그랬던 것처럼 더 이상 공화주의적이 될 수 없었다. 공화국보다는 자신들의 이익에만 급급했던 상류 부르주아층의 배반에 직면하여 민주주의-사회주의정당은 국민과 소부르주아층의 연합에 의존하려 애쓰고 있었다. 소부르주아층은 국민과 마찬가지로 반동적인 정치에 자극을 받았다. 1852년의 공화주의자들의 이상은 양자간의 이러한 연합을 지원했다. 외젠 쉬는 위고와 같은 역정을 밟았다. 1848년 이후 국민은 그에게 있어서 프롤레타리아와 부르주아층이었다. 이들은 동일한 압제자들에게 희생된 사람들로서 '민주적·사회적 공화국'을 설립하려는 의지로 뭉쳐 있었다. 그의 작품 《민중의 비밀》(1851-57)은 '시대별로 살펴본 어느 프롤레타리아 가정의 역사,' 말하자면 기원전 57년부터 서기 1852년까지 르브랭 가(家)라는 브르타뉴 지방의 한 가정의 역사를 서술하고 있다. 《민중의 비밀》이 발표된 이후부터 그의 사상은 급진적인 것이 되었다. 그는 새로운 사회의 출현이 선량한 감정과 박애주의를 통해 이루어진다고는 더 이상 생각하지 않는다. 오히려 그 사회의 출현은 각 권의 서두에서 되풀이된 인용문이 언명하듯 폭력 속에서 이루어진다고 생각한다:

　　그것은 우리의 선조들이 각 세기마다 폭동을 통하여 그들의 피를 대가로 쟁취하지 않으면 안 되었던 종교적 · 정치적 혹은 사회적 혁명은 아니다. (《민중의 비밀》)

　그때부터 쉬는 이중적인 대중을 위해 더 이상 글을 쓰지 않는다. 그는 다만 공화주의−사회주의 정당의 잠재적인 가입자들만을 상대로, 그리고 그의 작품에 융합되어 있는 프롤레타리아와 소부르주아층만을 상대로 메시지를 전달한다. 그리하여 그의 이전의 소설에 등장하던 관대한 귀족들이나 자유스런 대부르주아층의 모습은 사라지고, 국민과 소부르주아층 사이에서 갈피를 못 잡는 르브랭 가의 모습으로 대체된다.
　정치 사상의 조절은 충분치 않았고, 작가들은 또다시 정치적 담론을 재구성하지 않으면 안 되었다. 조롱과 의심을 받으면서, 그리고 정치적 약속이 휴지조각이 되는 순간에 정치적 담론은 새롭게 합의를 이룰 수 있었다. 이것은 《징벌 시집》에서 볼 수 있는 자기 고발로부터 자유롭지 못한 국민을 재검토하고 또 그들을 비난함으로써 이루어진다. 미슐레는 정치에 대한 나쁜 의식과 정치적 실패에 대한 이러한 인정에 집착했다. 동시에 미슐레는 국민의 소리를 찾아낼 줄 몰랐노라고 투덜거렸다. 위고는 새로운 서정시와 소설을 위한 다양한 형태의 문체를 고안하는데, 이것은 글쓰기의 한복판으로 민주적 원리를 삽입하는 것에 깊숙이 뿌리를 두면서 정치적 담론을 다시 이끌어 내는 데 부응했다. G. 로사는 이렇게 쓰고 있다: "망명에서 쓰여진 글들 속에서 위고의 문체는 그 자신과 독자들 사이에서 하나의 관계를 만들어 낸다. 그 관계는 공화국의 쇠락을 고려하고 동시에 그것을 변명하고 있으며, 망명에서 돌아와 작업을 하면서 자신의 복귀를 암시하고, 사회적 여러 관계에 대한 미래의 형태를 공화국으로 지정하면서 단번에 자신의 복직을 확신하고 있다." 미슐레는 정치적·사회적 문제를 자연의 세계로 옮겨 놓으면서 자연사에 대한 자신의 저작들 속에서 정치적 담론을 재구성한다. 정치적·사회적 문제의 이러한 이동을 통해 미슐레는 사회의 통합에 관한 사상을 보존할 수 있었다. 그 자신에게 있어서 이런 유형의 자연주의적 담론은 그가 격리를 거부한 과학과 시, 그리고 정치에서 어떤 정치적 선택을 구성해 주었다.

3

미학적 · 정치적 운동

낭만주의적 사상 속에서 미학과 정치는 바로 과학과 정치처럼 분리되지 않는다. 만일 예술이 자신의 자율권을 단언하는 경향이 있다면, 그것은 오히려 정치에 대한 개입의 힘을 보존하고 있기 때문이다. 1848년 이후 사람들은 새로운 미학적 조류들이 하나의 단절에 대한 긍정, 그리고 두 분야 사이의 부조화에 대한 긍정을 토대로 성립되고 있었기 때문에 일종의 단절의 느낌을 받고 있었다. 그럼에도 이렇게 두 분야 사이의 벌어진 간격에 대한 강조가 이러한 운동들의 연관성이나 정치적인 뿌리를 완전히 말소시키지는 못했다.

1. 문학 이론의 갱신

프랑스 대혁명은 정치적 숙고로부터 문학의 개념에 대한 재정립을 시작한다. 문학의 사회적 역할, 취향에 대한 기준, 그리고 미학이 사회의 이러한 동요에 비추어 재검토의 대상이 된다. 동시대의 다수의 사상가들은 문학적 현상과 사회적 현상의 직접적인 상관 관계를 표현한다. "문학은 사회의 표현이다"라는 말은 이에 관한 보날의 전형적인 예라 할 수 있다. 문학은 사회 구조와 정부의 정치적 형태(이것은 스탈 부인의 《사회 제도와의 관계 속에서 고찰해 본 문학론》에서 전개된다), 그리고 종교(샤토브리앙 의 《그리스도교의 정수》 참조)에 좌우된다. 예술 현상에 대한 이해 와 문예비평은 그로 인해 심대한 변화를 겪고 있었다.

문학의 이러한 개념은 미학적 상대론을 고려하고 그밖의 문화 를 인정해야 한다는 것을 전제로 한다. 스탈 부인은 프랑스 고 전주의의 모델과 그의 우월성에 대한 사상 속에 안주하는 것을 거부한다. 그녀는 독일 · 이탈리아 · 영국 문학이 각각의 고유한 역사와 그들 국민들의 특수한 성격에 통합되는 방식에 흥미를 느끼고 있었다. 그녀는 프랑스 문학이 지니고 있는 영감(靈感)처 럼 각 나라의 영감으로부터 단절되지 않는 유럽 문학에 문호를 열고, 거기에서 프랑스가 자신을 재발견할 수 있는 고유한 에너 지를 이끌어 낼 것을 촉구한다. 덕분에 그녀는 국민성의 원칙을 옹호하는 사람으로 비쳐지는데, 이것은 정복자인 프랑스에 예속 된 한 유럽에서의 입장으로 해석될 수 있을 뿐이다. 《코린》은 이 탈리아인들에게 그들의 예술적 독립을 획득하고, 통일을 이룩하 라고 권유한다. 《독일론》은 대단히 파괴적인 것으로 여겨지는 데, 이는 그 작품이 한 문화의 특수성과 삶을, 즉 독일이라는 한 국가의 존재를 드러내 주고 있기 때문이다. 그럼에도 독일은 황 제에게 복종하고 정복되어 있었다.

스탈 부인의 문학 이론은 독재정치와 정복 정책에 대해 이의 를 제기하는 것이며, 개인과 국민의 자유, 그리고 그들이 정부 형태를 스스로 선택할 권리를 위한 청원의 의미를 띠는 것이다. 문학은 이러한 자유 원칙을 위한 의미만을 지니고 있을 뿐이다: "문학은 이제 자유가 없이는 위대한 그 어느 것도 생산할 수 없 다."(《프랑스 혁명에 대한 고찰》)

2. 자유주의와 나에 대한 표현

벵자맹 콩스탕은 현대의 정치적 삶의 여러 조건이 표현을 요구한다는 사실을 토대로 자신의 중요한 사고의 일부를 확립한다. 국가적 차원에서 정치는 사회와 그의 표본들을 분리한다. 이러한 분리가 각 개인에게 영향을 미친다. 현대의 인간은 "기본적으로 분리되며, 표현이라는 요소 속에서 순수한 정치 활동의 세계를 본다. 그리고 순수한 정치 활동을 통해 개개인은 순진하고도 관대하게 자신의 과거의 있는 그대로의 모습으로 공적인 장소에 투사되고, 그러면 그때부터 그는 근접할 수 없는 사람이 되는 것이다."(P. 마넹) 자신의 내부에서 인간은 자신의 행동과 사고를 바라보는 관객이 된다. 거기에서 비평과 아이러니에 대한 기본적인 태도, 즉 콩스탕이 보여 준 태도가 형성되는데, 이것이 콩스탕의 문학작품을 풍부한 것으로 만들어 주는 자양분이기도 하다. 콩스탕의 방식은 루소식의 비평이 자유주의 정치에 사용되도록 했으며, 문학에서 자유로운 아이러니를 루소식의 자서전에 적용했다고 마넹은 다시 주장한다.

이러한 심리적 구조는 분명 콩스탕에게서만 찾아볼 수 있는 것은 아니다. 그것을 통해 작가들 전체의 문학적 선택을 이해할 수 있다. 그것은 자기 자신에 대한 성찰과 낭만주의적 아이러니라는 형태의 특징을 이룬다. '루소식의 자서전에 적용된 자유로운 아이러니'는 스탕달의 자전적 작품과 뮈세의 《세기아(世紀兒)의 고백》, 희곡 《로렌차초》를 규정하는 것이다. 특히 《로렌차초》에서 행동에 관한 뮈세의 생각은 직접적으로 행동할 수 없는 현대인과 이중화의 필요성 주위를 맴돈다.

3. 왕정복고하에서의 낭만주의와 고전주의의 논쟁

왕정복고는 두 정치적 진영인 과격 왕당파와 자유주의자들이 격렬하게 충돌하던 시기였다. 두 진영의 이러한 분리는 문학과 예술 분야에서 똑같은 강도로 존속하고 있었던 듯하다. 위고는 1824년, 《누벨 오드》에서 이렇게 쓰고 있다:

이제 문학에는 국가에서와 마찬가지로 두 정파가 존재한다. 사회의 전쟁이 사납다고들 하지만 시의 전쟁이 이보다 덜한 것 같지도 않다. 두 진영은 논의를 하기보다는 싸우는 데 더 혈안이 된 듯 보인다.

그러나 문학 전쟁은 정확히 정치적 분리와 겹치지는 않는다. 그것은 가장 일반적인 의미(역사)에서의 정치로부터 시작되었지만, 미학적 문제들이 자율적인 방식으로 형성되는 경향이 있음을 보여 주고 있기도 하다.

두 가지 두드러진 요소를 살펴보자:

— 문학 논쟁에 함축적으로 포함된 정치적 어휘. 그것의 위상은 해설적(정치는 문학 발전의 근원으로 주어진다)이며, 동시에 은유적(정치는 설사 독립적이지 않다 하더라도 나름대로의 고유한 논리를 지니고 있을지도 모르는 문학의 발전을 은유적으로 표현한다)이다.

— 낭만주의가 정치적 '입장'을 놓고서 통합을 이룬 이후에, 혹은 정치적 '당파'와의 결탁으로부터 벗어난 이후에 논리적이

고 생산적인 미학의 원칙으로 성립되는 데 성공했다는 사실.

• 위고 · 비니 · 수메의 주변으로 과격 왕당파적인 소시에테데 본 레트르와 결부된 젊은 시인들 무리가 형성되고 있었다. 이 젊은이들은 새로운 미학을 추구하고, 그 새로운 미학으로 그들을 이끈 사람이 《그리스도교의 정수》를 쓴 샤토브리앙이다. 그는 모든 것을 이성의 토대에 두면서 역사와 전통을 부정하는 반종교적이며 개인주의적인 18세기와의 단절에 기초한 예술의 혁신을 옹호했다. 위고는 1823년에 발표한 《오드와 발라드》의 서문에서, 사상과 내면성에 토대를 둔 미학을 옹호하고, 이교도적인 신화의 낡고 그릇된 색채를 그리스도교의 신통계보학〔神統系譜學; 다신교의 신들의 계보를 연구하는 학문〕의 새롭고도 참된 색채로 대체해야 한다는 것을 제안하면서 샤토브리앙이 전개한 사상의 테마 속에 자신의 이름을 올린다. 왕권의 보호 아래 그 시인은 정신적인 독립을 유지하고 있었다. "어떠한 말의 울림도 결코 없을 것이다. 설사 그것이 신의 목소리라 하더라도."(《오드와 발라드》의 서문, 1824) 시에 대한 종교적 개념만이 시의 기능을 확장시킬 수 있으며, 인간성 속에서의 근본적인 지위와 정치적인 역할(의식 있는 시인, 헌신적인 희생의 시인, 영웅)을 부여할 수 있었다.

정치적 입장의 설정은 상당히 왜곡된 방식으로 다음 글이 표현하는 바와 같이 문학적 시도에 종속되어 있었다:

이 책의 출판에는 두 가지 의도, 즉 문학적 의도와 정치적 의도가 있다. 그러나 작가의 사상 속에서 정치적 의도란 문학적 의도의 결과물이다. 왜냐하면 인간의 역사는 왕정주의적이고 종교적

믿음이라는 고귀한 차원으로 여겨진 시만을 보여 주고 있기 때문이다. (《오드와 발라드》의 서문, 1822)

여기서 위고는 왕정주의적이고 종교적인 시각으로만 시를 쓸 수 있었다. 감정의 예술, 지울 수 없는 예술로서의 시는 전통적이고 종교적이며 공동체적인 사회에서만 살아남을 수 있다. 따라서 정치적 참여는 이중의 논리적 관계에서 기인한다. 즉 정치적 형태로부터 문학의 가능성이 유래하고, 이것이 처음으로 확인되고 나면 정치적 선택이 그 뒤를 잇는다. 과격 왕당파의 젊은이들은 군주제를 옹호하는 사람들이다. 왜냐하면 그들은 그것이 새로운 미학을 세우는 데 필수적인 것이라고 생각하고 있었기 때문이다.

• 들레클뤼즈 살롱의 경우, 새로운 문학에 대한 탐색은 스탈 부인과 그녀를 추종하는 코페 그룹의 자유로운 사상과 미학의 연장선상에서 비롯되고 있었다. 이 낭만주의자들은 계몽주의 철학에, 그리고 다양한 국가적 문화의 발견과 그 사용을 권하는 범세계적인 정신에 물들어 있었다. 동시대의 자유주의 역사가들처럼 그들의 사상은 국가라는 개념을 중심으로 조직된다. 그들은 국가를 표현하고, 역사를 표현하고, 문학이 처해 있는 사회의 상태를 표현하는 문학을 추구한다. 그리하여 그들의 생각은 연극으로, 말하자면 표현 방식에 있어서 가장 직접적으로 사회적 관계와 결부된 문학 장르인 연극으로 방향을 잡는다. 스탕달은 자신의 작품이 대중의 요구에 부응하는 것이라고 생각한다: "국가는 자신의 역사적 비극을 갈망한다."(《라신과 셰익스피어》) 벵자맹 콩스탕은 실러의 《발렌슈타인》을 번역하여 《비극에 관한

생각》으로 출판하는 데 상당한 흥미를 느끼고 있었다. 이 작품에서 그는 현대 사회의 질서의 원동력이 현대 연극에서 고대인들의 비극을 대체할 수 있다고 가정한다. 자유주의적 낭만주의는 《글로브》지나 새로운 문학에 '자유주의의 열광,' 즉 대혁명에서 탄생한 이 새로운 에너지를 불어넣고자 하던 《메르퀴르 뒤 디스뇌비엠 시에클》지에 표현되고 있었다.

• 이 두 그룹이 당시 문학의 좌파적 경향과 우파적 경향을 구현하는 것처럼 보였음에도 불구하고, 그 두 그룹은 문학이란 이데올로기의 도구──그때부터 이 도구에 의한 행위는 순수한 정치적 수단들보다 더욱 효과적이었다──라는 생각을 공유하고 있었다:

　　정치적 수단들이 낡아빠져 버렸거나, 혹은 유보되었기 때문에 정신에 근거하여 행동해야 한다. 바로 철학 · 예술 · 역사 · 비평, 그리고 가능하다면 문학적 창조를 통해 그것들을 공격해야 한다. (레뮈사)

따라서 과격 왕당파적 낭만주의자들과 자유주의적 경향의 낭만주의자들은 다같이 새로운 미학을 원치 않는 사람들과 대립하게 된다. 자유주의적 이론가들뿐만 아니라 반혁명 사상가들에 의해 제기된 원칙에 가담하고 있던 이 두 그룹은 새로운 사회에는 새로운 문학이 필요하다고 생각한다. 문제는 이 새로운 사회가 어떻게 해석되느냐 하는 것이었다. 그 새로운 사회란 복고된 왕정의 사회일까? 아니면 1789년의 사회일까?

위고는 1824년부터의 논쟁이 제기하고 있던 그에 대한 용어들을 의식하고 있었던 듯하다. 《오드와 발라드》의 새로운 서문이 그것을 극명하게 밝혀 주고 있다. 대혁명이라는 천재지변과도 같은 그 사건은 문학의 혁명을 불가피한 것으로 만드는 바로 어떤 것이었다: "너무나도 놀라운 사건이 벌어진 이후에 국민들의 정신과 성격에 아무런 변화도 일어나지 않는다면 그것이야말로 한없이 놀라워해야만 할 일이 아니겠는가?" 그러나 위고는 이 문학의 혁명이 혁명의 충격으로 인한 결과라 하더라도 반드시 그 혁명에 대한 표현은 아니라고 주장한다.

샤토브리앙과 스탈 부인, 그리고 라므네의 작품들이 창조한 현재의 문학은 따라서 혁명과는 아무런 관계가 없다. 마찬가지로 볼테르와 디드로, 그리고 엘베시우스의 궤변적이며 상식을 벗어난 작품들은 지난 세기의 쇠퇴에서 싹튼 사회적 혁신에 대한 예언적 표현이다. 현재의 문학은 수많은 과거의 잔재들과 무수한 최근의 폐허들 가운데서 솟아나올 종교적이며 왕정주의적인 사회를 앞지르는 표현인 셈이다.

프랑스 대혁명과 문학의 혁신 사이에 설정된 이러한 관계는 설사 그것이 모순의 세계 위에 설정되어 있는 것이라 하더라도 중요하다. 그 관계로 인해 위고는 결국 자신의 예술적인 탐구와 정치적 입장을 일치시키기 위해 자유주의로 방향을 선회한다. 위고는 아마도 과격 왕당파들의 대단히 반동적인 정책에 비추어 부르봉의 전제정치가 발전할 수 없을 것이며, 그 자신이 열망하는 새로운 사회를 세울 수 없을 것이라고 생각했던 듯하다. 그는 1789년과 1815년 사이에 아무런 일도 일어나지 않았다고 고집스럽게 생각하는 사람들과 충돌한다. 그리하여 그는 자유주의에 접근한다. 1830년 2월, 그는 《고(故) 샤를 도발의 시》의 서문에서 보수주의자들과의 단절을 선언한다. 그는 《에르나니》의 서문에서 이러한 단절을 다음과 같이 간결하게 표현한다: "낭만주의, 그것은 문학에서의 자유주의이다." 이 말은 낭만주의의 두 가지 흐름의 통합을 의미한다.

새로운 사회의 발전을 준비하면서 그 새로운 사회에 부응하는 새로운 문학을 창조한다는 것은, 따라서 무엇보다도 자유에 토대를 둔 낭만주의의 야심이었다. 낭만주의 미학은 시와 비평과 규칙에 의해 개인의 취향에 부과되는 일체의 규범성을 벗어나서 개인의 자유의 필연적 귀결로서 예술적 표현의 자유를 옹호한다. 예술의 자유는 예술의 자율성을 의미한다. 예술은 시종이 되어서도, 정치가 되어서도, 사상이 되어서도 안 된다. 그리하여 이러한 종속의 부재가 예술의 특수한 정치적 역할의 조건이 되는 것이다. 예술은 정치를 반향하는 것이 아니라 정치를 표현하는 양식들 중 하나이다. 예술은 사회의 변화 속에서 이루어지는 폭력에 대한 선택적인 해결책이다. 체제의 구체적인 전복에 뒤이어 예술로 인해 정신적인 변화의 시기가 도래하는 것이다.

낭만주의가 자유주의를 근거로 원용했음에도 자유주의자들은 낭만주의의 미학적 이론과 그로 인한 정치적 결과를 받아들일 준비가 되어 있지 않았다. 《에르나니》의 논쟁이 벌어졌을 당시, 위고에 대항해 가장 격렬한 논쟁을 리드한 것은 오를레앙파를 지지하는 자유주의적 신문 《나시오날》이었다. 아르망 카렐은 그 신문에서 위고의 연극을 비난하는 세 개의 기사를 썼다. 예술의 자유는 예술에서 사회적 임무를 인식하는 경우에 한해서만 정치적 중요성을 지닌다. 카렐의 경우 예술이란 엘리트층의 사치에 불과한 것이며, 따라서 예술은 사회적 · 정치적 역할을 하지 못하는 것이었다.

과격 왕당파나 자유주의자들 모두로부터 멸시당한 낭만주의는 자유의 미학을 선언하면서 정당들로부터 벗어난다. 아니 오히려 낭만주의는 예술의 정당을 만들고, 그 예술의 정당이 그 다음 수십 년간에 걸쳐 실제 정치의 악화에 직면하여 정치적 사상과 심지어 정치적 행위가 이루어지는 유일한 장소로 등장하게 된다. 작가들에게 있어서 여론과 정치적 태도의 발전은 그들의 미학적 이론보다도 훨씬 더 점진적으로 이루어진다. 위고는 붉은 모자(1791년 급진 혁명가들이 쓰던 모자)를 쓰기 훨씬 전에 그 용어를 사전에 올려 놓았다. 이러한 간격은 미학의 상대적인 정치적 자율성을 강조하며, 이 미학은 그의 반체제주의적인 강도로부터 아무것도 제거하지 못한다. 1871년에 티에르는 낭만주의에 결코 물들지 않았던 동시대인들 중 한 사람을 찬양하면서 다시 이렇게 말할 수 있었다: "낭만주의자들, 그들은 바로 코뮌이지!"

4. 예술을 위한 예술

7월 왕정의 초기에 정치적인 환멸이 연장되면서 몇몇 작가들은 예술과 정치의 분리가 필요하다는 것을 이론화시키거나, 혹은 적어도 그러한 사실을 강하게 확인한다.

• 1832년, 비니는 《스텔로》와 함께 시인과 정치의 관계, 그리고 시인과 권력의 관계에 온통 할당된 텍스트를 저술한다. 이

작품에서 시인인 스텔로는 '푸른 악마들'[대혁명 당시의 프랑스 공화국 병사들]에 홀딱 빠져 있으며, '절망감으로 여론을 위해 헌신할 각오가 되어 있었다.' 누아르 박사는 스텔로에게 정부의 조직이 어떤 것이든 시인과 정치가 절대로 양립할 수 없는 유명한 세 가지 사례를 들려 준다. 즉 절대왕정의 경우 시인들은 정치적인 위험을 내포한 사람들이며, 부르주아의 입헌왕정은 불필요한 존재라고 판단하는 사람들을 포용하지 않고, 민주정은 지적인 귀족층에 속한 것으로 파악되는 사람들을 거부한다는 것이다: "권력을 쥔 사람과 예술가 사이에는 항상 부조화가 존재하며, 또 앞으로도 그러할 것이다." 플라톤의 《공화국》은 이미 시인들을 배제했다. 그러나 호메로스의 플라톤에 대한 답변을 상상하면서 비니는 스텔로의 입을 빌려 시인은 정치인보다 더욱 고결하고 더욱 견고한 법률을 정형화한다고 말한다:

나는 어떤 도시의 출신도 아니다. 나는 우주 출신이다. 당신들의 원리, 당신들의 법, 당신들의 관습은 한 세대와 한 국민에게 어울리는 것이었으며, 그것들과 함께 죽었다. 반면에 천상의 예술작품들은 그것들이 만들어질 때마다 언제나 그 자리에 우뚝 서 있으며, 그 작품들 모두가 죽을 수밖에 없는 불행한 사람들을 사랑과 박애라는 불멸의 법칙으로 이끌어 간다.

시인과 권력 사이의 부조화는 다시 더욱 근본적인 이유로부터 시작될 수 있다. 권력은 모두가 하나의 허구와 묵계에 근거를 둔다. 반면에 예술은 그것이 진실에서 유래하는 경우에 한해서만 가능하다. 예술과 권력은 인간이 허구를 필요로 하지 않는 힘을 창조하는 데 성공하는 경우에 한해서 화해를 이룰 수 있다. 하지만 현재로서는 그 일이 불가능한 것처럼, 누아르 박사의 결정은 '시적인 삶과 정치적인 삶의 분리'를 권유한다.

• 거의 같은 시기에 예술을 위한 예술의 이론은 예술의 독립에 대한 유일한 보증인으로서 예술의 무용론을 강하게 확신한다. 보기보다 정치에 무관심한 이러한 개념은 예술의 무용론을 주창하는 부르주아층의 확신을 과장한다. 부르주아층은 예술의 무용론을 파렴치한 예술로까지 밀고 나갔으며, 그들의 주도적인 가치로서 실리주의적인 시각에서 볼 때도 예술이란 도저히 받아들일 수 없는 것이었다. 예술에 대한 무용론은 1833년 《알베르튀스》의 서문에서 고티에에 의해 전개되었으며, 이어 보다 떠들썩한 방식으로 《모팽 양》의 서문에서도 전개되었다.

일반적으로 하나의 사물이 유용하게 될 때부터, 그 사물은 끊임없이 아름다워진다. 그것은 긍정적인 삶으로 들어온다. 시로부터 그것은 산문이 되며, 자유로부터 그것은 노예가 된다. 모든 예술이 거기에 있다. 예술, 그것은 자유이자 사치이며, 개화(開花)이다. 예술은 무위도식으로 살아가는 영혼이 활짝 피어나는 일이다. (《알베르튀스》)

예술의 절대적인 무용성을 증명하기보다는 오히려 부르주아층의 모든 형태의 회유에 대한 예술의 저항을 증명하는 일이 중요했다. 보들레르는 이러한 입장에 관한 정확한 시각을 확립한다: "예술은 유용한 것인가? 그렇다. 그렇다면 왜? 그것은 예술이기 때문이다."(《정직한 드라마와 소설들》, 1851)

그럼에도 불구하고 카렐이 전개한 주제들을 본받아 부르주아층의 이데올로기는 예술을 위한 예술의 개념을 강요하려 애썼다. 《르뷔 데 되 몽드》지는 예술가가 반드시 정치적이거나 사회적인 사상을 지녀야 한다고는 생각지 않았다. 그리고 예술가가 그 사상을 자신의 작품으로 표현하는 것은 대단히 유감스런 일이라고 생각했다. 비평가들과 철학자들(마냉·귀스타브 플랑슈·니사르·쿠쟁 등)은 예술에서의 유심론을 격찬했다. 이 개념은 예술로부터 지나친 생동감과 형태에 관한 과도한 탐구를 배제하는 이점을 지니고 있었다. 이러한 과잉은 정치적인 모든 사상, 특히 가장 위험하게 간주되는 사상들과 함께 일종의 물질주의에 속하는 것처럼 보인다. 사람들은 예술에 중립적인 입장을 요구했다. 당시 일종의 어용적인 철학이 되어가고 있던 쿠쟁의 절충주의는 이러한 비평의 시각에 동의했다. 쿠쟁은 1818년의 강의에서부터 "예술은 도구가 아니라 그 자체로서 목적이 된다"라고 선언했다. 그는 예술에서 어떤 '독립적인 힘'을 보았던 것이다. 1845년에 그는 "도덕을 위한 도덕을, 종교를 위한 종교를, 예술을 위한 예술을 이해하고 사랑해야 한다"라고 《르뷔 데 되 몽드》지에 쓴 바 있다.

예술을 위한 예술은 기능적인 측면에서 여전히 모호한 미학 이론으로, 그리고 전략이라기보다는 하나의 술책으로 존속하고 있었다. 전략은 아카데믹한 비정치화에 빠질 수 있을 뿐만 아니라, 항의와 파괴의 사정 범위 안에 있을 수 있기 때문이다. 《스텔로》를 분석해 보면, 예술이 영구불변의 진리를 향한 표현을 지향하고 있지만, 누아르 박사는 또 '고독한 사상가의 중립성은 필요에 따라 미몽에서 깨어나는 무장화된 중립성'이라고 단언한다. 때로는 세계에 대한 순전히 미학적인 시각이 사상과 관습,

그리고 권위적이며 보수적인 체제를 견뎌내지 못하는 도덕에 관한 암묵적인 동의를 문제삼는 경우도 있다. 그래서 '가장 완전하게 예술에 헌신한 문인들,' 즉 플로베르와 공쿠르 형제, 그리고 보들레르는 경범 경찰의 블랙 리스트(1857년에 있었던 《보바리 부인》과 《악의 꽃》에 대한 재판)에 올라 있었다.

5. 예술과 국민

민주주의 예술

사회적 낭만주의에 결부된 작가들에게 있어서 예술이란 국민을 상대로 하지 않는 한 권위도 없고, 심지어 의미도 없는 것이었다. 물론 그들은 민중 계층들 사이로 미미하게 책이 확산되어 감을 감안하고도 국민이라는 이러한 목적지가 여전히 폭넓은 잠재력을 지니고 있다는 생각을 지니고 있었다. 그럼에도 불구하고 국민은 여전히 작가들의 잠정적인 수취인에 불과했다. 국민을 상대로 말하는 것이 반드시 국민을 표현하는 것을 의미하는 것은 아니다. 하지만 그것은 국민에게 전달되어야 하는 미학, 그리고 문학작품으로부터 민주주의적인 공간을 만들어 내야 하는 하나의 미학을 창안하는 일이다.

앞으로 도래할 시의 철학적 · 이성적 · 정치적 · 사회적인 이러한 운명을 차치하고라도 시는 달성해야 할 새로운 운명을 지니고 있다. 시는 관습과 언론의 성향을 따라야 한다. 시는 스스로 국민이 되어야 하며, 종교 · 이성 · 철학과 같이 대중적이어야 한다.

……시는 수요의 시대를 창조해야 한다. 국민은 그러한 시에 목 말라 있다. (라마르틴, 《시의 운명》)

이러한 시에서 모든 것은 시민권을 소유하고 있으며, 모든 사람은 발언권이 있다. 여기서는 국민에게 할당된 예술을 만드는 일이 중요한 것이 아니라 모든 사람을 상대로 하는 예술을 만드는 일이 중요한 것이다. 모든 사람을 상대로 하는 예술은 국민에게 감동을 준다. 이는 그러한 예술이 총괄적이며 통합적인 덕을 지니고 있기 때문이지, 대중 계층들에게 순응하기 때문은 아니다.

우리가 살고 있는 세기에서 예술의 지평선은 상당히 확장되고 있다. 과거에 시인은 대중을 말하곤 했지만, 오늘날 시인은 국민을 말한다. (위고, 《파도바의 독재자 안젤로》의 서문, 1835)

이 의도는 새로운 형태의 탐구를 전제로 한다. 새로운 서정시와 드라마, 혹은 상드가 1840년대부터 초점을 맞춘 사회주의적 · 공상주의적 · 우의적인 소설과 같은 새로운 형태의 소설이 필요했던 것이다.

1848년의 혁명과 제2공화국의 실패는 여기서 결정적으로 중요한 역할을 수행한다. 프롤레타리아층과 부르주아층 사이에서 벌어진 6월의 충돌, 공화국에 대한 대중들의 지속적인 지원의 결여, 쿠데타에 대한 대규모적인 찬성, 이런 현상들은 사회의 분열과 국민의 정치 의식의 결여, 그리고 집단적 주제 의식의 부재 등으로 해석된다. 따라서 작가들로서는 텍스트의 형태를 통해 독자가 미리 정보를 알고 있는 것처럼 텍스트를 구성하면서 그것이 자연스럽게 이루어지도록 하는 것이 중요했다. 이를 위해 작가들은 무엇보다도 텍스트의 대중적인 형태 속에 콩트와 전설, 그리고 입으로 전해져 오는 이야기를 옮겨 놓으려 애썼다. 이것들을 받아들인다는 것은 경험에 근거한 공통성과 상호 주체성, 그리고 통일성을 만들어 내는 전체적인 생활 양식이 있어야 한다는 것을 전제로 한다.

나폴레옹 3세에 의해 부활된 견고한 보통선거는 국민에 대한 교육이 긴급하다는 것을 보여 준다. 문학은 모든 사람을 위한 교육 시스템이 부재한 상황에서 교육을 담당하려 부단히 노력한다. 문학은 1848년 이후에 자신의 교육적 사명에 집착한다. 상드는 《나농》이나 《어두운 도시》에서, 그리고 에르크만과 샤트리앙은 《1813년에 한 어느 신병이 겪은 일》에서 부르주아층의 상승과 결부된 교육 소설의 형태를 다시 취했으며, 국민을 위한 교육적인 소설로 문학을 옮겨 놓으려 시도했다.

귀족의 예술

그럼에도 예술과 민주주의는 바르베 도르비이처럼 보수적인 견해로 특징지어지는 작가들에게 있어서 뿐만 아니라, 공화국에 대한 취향이 평등한 민주주의의 공포와 어렵사리 양립할 수 있는 스탕달과 같은 자유주의자들에게 있어서도 서로가 이율배반의 양상을 보이고 있었다. 토크빌이 이러한 현상을 분석한 미국(《미국의 민주주의》)은 작가들에게는 예술의 혐오스런 앞날의 모습처럼 비쳐지고 있었다. 발자크의 《농민들》은 무엇보다도 민주화되어 가는 사회에서 예술이 살아남을 수 있느냐의 문제를 제기한다. 이 소설의 시작 부분에서 묘사된 어마어마한 농지는 경지로 정리된 자연의 풍광으로 보아서나 으리으리한 집기들이나 장식으로 치장된 성으로 보아서나 예술작품과도 같은 것이었으며, 당시 행해지던 경지의 분할에도 저항하지 않았다. 거대한 자산의 분할은 예술에 있어서 치명적인 것이었다:

저런! 대자산도 없고 대재산가도 없는 나라에서 예술의 기적이 불가능하다는 것을 어떻게 이해할 수 있단 말인가? 좌파가 왕들을 완전히 죽여 버리려 하더라도, 몇몇 보잘것없는 군주들이라도 남겨 놓았으면!

예술과 민주주의는 적대적이다. 그 이유는 예술이란 질이 문제가 되는 반면, 민주주의는 양이라는 상반된 원칙에 근거를 두고 있기 때문이다. 민주주의 사회에서의 여론은 개인들의 행동의 통일성을 형성하고, 낭만주의적 관점에서 보면 예술을 구성하는 독창성을 제거하는 것이다. "나는 민주주의의 평등에 대해 이의를 제기한 당신에게 감사를 드립니다. 민주주의의 평등이란 저에게는 세계에 죽음을 몰고 오는 요소로 보입니다"라고 플로베르는 당시 《철학적 대화와 단편들》(1876)을 출판한 르낭에게 편지를 쓴 바 있다. 보들레르에 의하면, 포는 원래의 독립성을 공통의 규칙으로 종속시키고자 하던 미국이라는 사회 때문에 사망했다는 것이다:

민주주의 사회에서 여론은 잔인한 독재자. 그러니 그 사회의 법률을 도덕적 삶의 다양하고도 복잡한 경우에 적용시키면서 동정도, 관용도, 그 어떤 융통성도 구하지 말라. ……귀족층이 없는 국민에게 있어서 아름다움에 대한 경배는 부패되고 약화되어 마

침내 사라질 뿐이다. (《기담(奇談)》의 권두에 실린 〈에드가 포의 삶과 작품〉)

예술이 민주주의와 대립되는 이유는 예술가가 귀족이기 때문이다. 《스텔로》에서 귀족층은 왕들과 국민으로부터 박해를 받으면서도 모든 사람의 구원을 위하여 스스로를 희생하는 사회 계층으로 묘사된다. 귀족의 운명은 시인의 운명과도 흡사하다. 빅토르 쿠쟁은 철학을 '고귀한 정신을 소유한 귀족층'과 동일시한다.

문학 장르 중 가장 귀족적인 색채가 엷고 대중과 가장 친숙한 연극에 대한 작가들의 무관심은 또한 문학의 귀족적 개념에 대한 표현들 중 하나이다. 그것은 대중들이 이해할 수 없기를 바라는 귀족의 문학으로서 대중들의 평가에 복종하기를 거부한다.

그러나 보들레르는 민주주의에 대한 자신의 혐오감을 나타내는 다음과 같은 글에서, 아무튼 민주주의에 젖어드는 것을 거부하려 시도할 뿐인 현대 예술의 모호함을 더욱 잘 표현한다:

우리들 모두의 정맥 속에는 공화주의적인 정신이 흐르고 있다. 뼛속에 매독균이 흐르고 있듯이 우리는 민주화되고, 매독에 감염되어 있다. (《가엾은 벨기에인》)

이러한 미학적 태도는 예술적 행위에는 기본적으로 정치적인 무엇인가가 있다는 사실을 완전히 인정하면서 정치를 거부한다. 그 태도는 불가피한 발전의 결과로서 사회 조직의 형태 자체에 반항하는 자연발생적인 항의이다. 우리는 이러한 모호성을 사실주의에서 다시 발견하게 되는데, 사실주의는 사회적 발전과 예술가의 독창성에 대한 가치 부여를 예술과 동일시하면서 등장하고 있었다.

6. 사실주의

사실주의는 1840년대 말엽 회화 분야에서 탄생한다. 그것은 쿠르베라는 예술가가 표방하듯이 현실 참여적인 운동이었다. 쿠르베는 자신이 행하는 담론을 통해서 직접적으로 정치 참여의 입장을 결정하는 것이 아니라, 그가 표현하는 주제를 통해서 입장을 결정한다.

• 작가인 샹플뢰리도 주목한 바 있듯이, 쿠르베는 국민의 다양한 인물들을 표현하려는 자신의 선택을 통해서, 나아가 이러한 표현에 부여하는 위상을 통해서 세인들에게 충격을 주었다. 풍속화에서 허용된 이러한 표현은 종교화나 서사적인 회화, 혹은 이 세상 위인들의 초상화에 할당된 대규모 화폭에서 그것이 지닐 수 있는 또 다른 의미를 취한다. 따라서 여기서 그것은 표현과 미학적 계층의 전복에 대한 양식 자체가 된다. 이 미학적 계층은 정치적 요구의 중요성을 지니는 사회적 계층과 암묵적으로 연결되어 있다.

쿠르베씨는 부르주아와 농부, 마을의 아낙네들을 실물 크기로 수도 없이 재현했다는 점에서 반역적이다. 이것이 가장 중요한 점이다. 돌을 깨는 사람이 왕자와 같은 값어치를 지니고 있다는 것을 사람들은 인정하려 들지 않는다. 귀족층은 수 미터의 화폭을 사람들의 크기에 맞추어 그린다는 사실에 맹렬히 반항한다. 군주들만이 수놓아진 의복을 착용하고 공식적인 모습으로 발끝까지 그려질 수 있는 권리를 지니고 있다. (샹플뢰리, 《사실주의》)

문학의 사실주의는 따라서 민주주의의 원리가 문학 속으로 확장되는 것을 통해서 설명되고 정당화된다. 현대비평은 두 가지 현상을 결부시킨다: 쥘 클라레티는 사실주의 예술가들의 특질을 규정하는 '진실에 대한 이러한 요구'에서 1848년의 '사회의 개조와 개혁과 유사한 어떤 현상'을 발견한다.(《르뷔 데 되 몽드》, 1860) 쿠르베는 《메사제》지에 공개한 한 편지에서 자신은 '사회주의적일 뿐만 아니라 민주주의적이고 공화주의적이며, 한 마디로 말해 혁명 전체를 옹호하고, 나아가 완전히 사실주의적인, 말하자면 참된 진리의 진지한 친구'임을 선언한다.

공쿠르 형제는 1865년에 출간된 《제르미니 라세르퇴》의 서문에서 예술과 사회의 일치라는 낭만주의의 논거를 다시 취한다:

보통선거와 민주주의·자유주의의 시대인 19세기를 살아가는 우리들은 소위 '낮은 계층들'이 소설을 읽을 권리가 없는 것인지, 그리고 한 세계 아래에 있는 또 다른 세계, 즉 국민이 문학을 금지당하고 작가들의 멸시——작가들은 국민들이 향유할 수 있는 영혼과 가슴에 침묵을 만들어 놓았다——를 받으면서 그대로 있어야 하는지를 자문해 보았다. 우리들은 우리가 살고 있는 이 평등의 시대에서 작가와 독자에게 있어서 보잘것없는 계층들과 너무나도 미천한 불행한 사람들이 있는지, 너무나도 말씨가 상스러운 드라마와 너무나도 고상하지 못한 테러로 인한 재앙들이 아직도 일어나고 있는지를 자문해 보았다.

• 그러나 사실주의 작가들의 미학의 근본이 표현 영역의 민주화에 있다고 하더라도, 그들은 적극적이고 순수한 정치적 입장을 그것과 결부시켜 결정하는 것을 거부한다. 그리고 이것은 사실주의를 취한 또 다른 유파, 즉 도덕적인 판단도, 관념화도 삽입하지 않으면서 자연을 표현하는 유파의 이름으로 이루어진다. 역설적으로 정치적 태도는 이러한 도덕을 회피하면서 몸을 숨긴다. 그때부터 작가는 하나의 견해에 찬성하는 것을 거부한다. 왜냐하면 정치에 대한 평가절하는 이 분야에 있어서 진실을 포기하는 것과도 같은 것이기 때문이다. 작가에 의한 정치 사상의 표현은 생각도 할 수 없는 일이다. 왜냐하면 그것은 예술적 창조의 가치 자체를 재검토할 수 있을 뿐이기 때문이다. 작가는 냉정하게 자신을 드러내야 하며, 자신의 소설(예를 들면 《감정교육》이나 《부바르와 페퀴셰》의 플로베르처럼)에서 비상식적 언동과 정치적 견해의 공허함을 등장시켜야 한다. 현실에 대한 생생한 재현과 차가운 해부는 그럼에도 현대의 정치와 사회가 모델로 삼은 그러한 현실에 대한 거부의 가치를 지니고 있다. "해부한다는 것은 하나의 복수이다"라고 플로베르는 쓴다. 예술에서의 이데올로기적이며 정치적인 언어에 대한 거부는 또한 적합한 재현의 일람표를 폐기하는 결과를 가져온다.

• 비천한 사회의 현실에 대한 이러한 재현이 문체의 형태 속으로 흘러든다. 특히 공쿠르 형제는 글로 쓰는 노력을 포기하고, 여러 기사들의 옴니버스적 언어를 말하는 것으로 이루어질 수도 있는 예술의 민주화가 가능하다는 해석에 반발했다. '문체의 분야에 있어서 보통선거에 대한 이러한 맹목적인 근심'을 인정하지 않으면서 공쿠르 형제는 드물고도 정제된 귀족풍의 문체를 요구했던 것이다. 이것은 귀족층 사람들에게만 허용되는 크

기로 농부들을 그리면서 쿠르베가 실행하던 그 어지러운 혼합과 같은 것일까? 아니면 오히려 전적으로 예술가의 독창적인 개인성의 확신을 통한 소재들에 대한 민주화와 균형을 이루고자 하는 욕구일까? 결국 그것은 대중적인 소재들의 선택을 상당히 다르게 해석하기에 이른 어떤 발전——코뮌 이후 두드러진 방식——의 끝이었을까?

사람들은 나에게 묻겠지? 왜 이러한 계층들을 선택했는가고. 그 이유는 어떤 문명이 사라지고 나면 낮은 곳에서 사물들과 사람들·언어, 그리고 모든 것의 성격이 보존되기 마련이니까. 또 다른 이유가 있느냐고? 그건 아마도 내가 유복하게 태어난 문인이고, 내가 미처 깨닫지 못한 미지의 대중으로서 국민들과 하층민들이 내 관심을 끌고 있기 때문이지. 그들은 여행자들이 머나먼 지방에서 수많은 고통을 겪어가면서 찾아내려는 이국적인 무엇인가를 지니고 있는 존재들이거든. (에드몽 드 공쿠르, 《일기》, 1871년 12월 3일)

4

정치와 문학 장르

정치 사상의 존재가 문학의 여러 장르를 위해 어떻게 변조되었을까? 작가들의 정치적 이론은 문학 장르의 내부에서 새로운 형태의 출현을 이끌어 내었을까?

1. 시

19세기의 정치적 시의 극단적인 중요성을 통해서 우리는 놀라움을 금할 수 없다. 그 정치적 시에는 빅토르 위고의 《징벌 시집》에 나오는 다수의 작품들이 포함되어 있다. 사실상 모든 시인들이 정치적인 작품을 썼다고 할 수 있다. 저항시와 16세기의 종교전쟁에 의해 초래된 시에서 이러한 현상과 비슷한 것을 찾아볼 수 있을 뿐이다. 오비녜의 《비가》나 롱사르의 《이 시대의 불행에 대한 논설시》가 그것으로, 롱사르는 이 작품에서 왕위와 가톨릭을 옹호하기 위해 정치적 입장을 밝혔다.

풍자시의 전통

고대 그리스 시대부터 단장격(短長格) 시가 풍자에 할당되어지고 있었다. 프랑스에서는 위기의 시대가 닥칠 때마다 운문으로 된 풍자적 글들이 만개했다. 그런데 19세기는 심각한 정치적 위기와 함께 혁명이 있었고, 그 과정에서 정당들간의 투쟁 기간이 있음으로써 정치적 투쟁이 연속적으로 이어진 시대였다.

왕정복고하에서 풍자시는 체제에 반대하는 일종의 양식이 되어가고 있었다. 정부의 여러 가지 의도가 풍자시 작가들을 부추겼고, 이 시인들은 익살극의 방식을 다시 취하게 되었다. 그리하여 네포뮈센 르메르시에의 《파니포크리시아드》(1819), (빌렐 장관에 대항한) 조제프 메리와 오귀스트 바르텔레미의 《빌렐리아드》, 페로네 장관의 언론 법안에 항의하던 바르텔레미의 《페로네이드》가 각각 출판되었다.

1831년부터 1832년까지 바르텔레미는 매주마다 2백여 개의 풍자 시구를 발표한다. 2만 2천 개의 시구가 그의 작품 《네메시스》를 구성하는데, 이 작품은 대외 정책의 무능력과 정치인들의 매수 행위를 통렬히 비난하는, 전체적으로 말하자면 반(反)의회주의적 '운동'을 벌이는 사람들에게 호의를 표한다.

오귀스트 바르비에의 작품 《이앙브》 역시 1830년 이후에 커다란 반향을 일으키면서 자유를 찬양하고 '이권 쟁탈전'을 비난한다. 이 작품은 낭만주의적 정치시의 위대한 작품들의 성격을 규정하는 풍자와 서정의 혼합을 처음으로 시도했다.

샹 송

샹송 역시 책을 읽지 않는 사람들에게 감동을 주면서 정치적 투쟁에 있어서 중요한 역할을 수행한다. 그것은 비천한 사람들의 팜플렛이었다. 왕정복고하에서 샹송의 영향력은 언론과는 비교할 수 없을 정도로 광범위했다. 샹송은 반대파의 중요한 무기들 중 하나가 되었지만, 그러나 왕당파의 샹소니에들(풍자 가요의 작가들)은 자유주의적 샹소니에들과 격렬하게 대립했다. 고게트(노래하고 시를 낭송하는 카바레)가 대유행이었다. 자유주의자들의 한 샹소니에가 19세기 시인들 중 가장 유명한 시인이 되는데, 그가 바로 베랑제였다. 1821년에 출간한 문집이 미풍양속과 종교적 도덕을 해친다는 이유로 그는 3개월의 징역형에 처해졌다. 그 문집은 그가 정치적이며 종교적으로 반동의 경향을 보이던 초기, 즉 베리 공작이 암살을 당한 1년 후에 출판된다. 그는 조정의 대신들과 사제들, 내각의 의원들, 그리고 예외적인 법안을 대단히 격렬하게 비난하는 샹송들을 문집에 서슴없이 삽입했다. 1828년에 나온 문집 역시 체제에 반항하는 완전히 공격적인 양상을 보여 준다. 그 문집으로 인해 그는 9개월의 징역형에 처해진다. 〈우둔한 샤를의 대관식〉(이 작품은 샤를 10세의 동시대인들을 대상으로 하는 것이었다)과 〈수호천사〉도 고발 조치를 당한다. 왜냐하면 그는 국가의 종교를 조롱거리로 만들었고, '또 다른 삶에서의 보상의 교리'에 의구심을 보냈기 때문이다. 〈노인정치〉는 '우리를 억누르는 정부의 불가피한 결과로서 곧 닥쳐올 장래에 프랑스가 폐허로 변해 가는 모습을 표현한다.' 1830년, 베랑제는 공화국으로 가는 과도정부를 준비하고자 하면서 루이 필리프를 왕위에 옹립하게 될 사람들 가운데 라파예트 · 라피트와 자리를 함께 한다. 1833년 이후 그는 침묵을 지키지만, 진보적인 모든 작가들에게 있어서 오랫동안 참고의 인물로 남게 된다.

베랑제는 샹송에 정치적인 특색을 도입했다. 이것은 샹소니에들이 당시까지 회피하던 경향이었다. 그는 더욱 엄격한 운율에 집착하면서 일종의 혼합적인 장르를 창조했으며, 자신의 문학적인 욕구를 통해 국민과 동시에 교양화된 대중을 위해 글을 쓰고자 시도했다. 1833년의 서문에서 그는 혁명에 의해 야기된 정치적 변화를 참조하면서 샹송의 톤을 높였다고 자신을 비난하는 사람들에게 이렇게 대꾸한다: "1789년 이래로 국민들이 국가적인 일에 관심을 갖기 시작했으므로 그들의 감정과 애국적인 사상은 대단히 성공적인 발전을 이룩했다. 우리의 역사가 그것을 증명한다." 여기에서 바로 '문체와 샹송의 시를 완성해야 하는' 필요성이 제기된다. 베랑제 이후 정치적 샹송은 다시 여러 작가들에게서 나타난다. 피에르 뒤퐁은 〈노동자들의 노래〉라는 작품으로 1848년 엄청난 성공을 거두었고, 외젠 포티에 등이 지속적으로 시인들의 관심을 끌었다. (보들레르는 1851년에 중요한 글 하나를 피에르 뒤퐁에게 헌정한다.)

반(反)혁명적인 사상 속에서의 시의 지위

풍자시의 전통과 샹송이 차지하는 중요성은 그럼에도 불구하고 19세기 초부터 시가 문학 분야에서 정치적 발언의 특권화된 지위들 중 하나가 되는 이유를 설명해 주지 못한다.

폴 베니슈는 18세기에서 19세기로 넘어가는 과정에서 시인을 철학자의 지위로 격상시킨 이데올로기적인 이행을 보여 주었다. 반혁명주의자들과 자유주의자들이 대립하는 논쟁의 한복판에서 이 두 부류는 반대명제를 형성하고 있었다. 1820년 당시 과격 왕당파 사람들은 시인들이었으며, 역으로 말해 결과적으로 들레클뤼즈의 살롱과 《글로브》지로 대변되는 자유주의적 낭만주의는 시에 관심을 두지 않았다. 19세기 초엽을 장식한 반혁명 사상에 대한 대규모 공격 속에서 감수성을 갖춘 인간으로서의 시인은 이성을 갖춘 반철학자로서 나타난다. 이성의 덕택으로 철학자는 과거의 사회를 파괴해 버렸다. 시인만이 감정에 토대를 둔 자신의 근거를 가슴속에서 정당화하고 회복할 수 있다. 전통, 과거와의 친숙한 연결, 가정, 종교적인 감수성, 이 모든 것이 이성으로써 설명되지는 못한다. 시인은 이성을 초월한 세계의 중요성을 느끼고, 또 그것을 느끼도록 해주는 사람이다. 반혁명주의적 사상가들은 그 이성을 토대로 사회적 관계, 즉 감동과 열광, 자신의 희생이 형성된다고 생각한다. 작가는 자연스럽게 종교와 군주제의 벗이 된다. 그 속에서 군주제는 전통과 충성, 그리고 신권을 구현한다. 앙드레 셰니에와 같이 공포정치하에서 단두대에 목이 잘린 역사적 인물들은 시인과 혁명의 폭력 사이의 대립이라는 이러한 이론을 구체적으로 확립한 사람들이다. 앙드레 셰니에에게 헌정한 시 〈혁명 속의 시인〉에서 젊은 위고는 앙드레 셰니에를 혁명에서 이루어지는 부당한 행위를 신성하고도 순교자적인 목소리로 증언해야 하는, 신으로부터 영감을 받은 사람으로 간주한다.

예언자로서의 시인

그러나 시인은 단지 철학자와 반대의 입장에 있었던 것만은
아니다. 오히려 시인은 철학자의 뒤를 이으면서 철학자가 지니
고 있는 몇몇 특권을 다시 취한다. 시인은 철학자의 사회적인 기
능을 물려받았으며, '국민을 교화하는 사람으로서의' 철학자의
역할은, 예를 들면 발랑슈와 같은 사람에 의해 인정되었다. 이러
한 역할의 상속은 과격 왕정주의적인 젊은 낭만주의자들이 자유
주의로 기울어짐에 따라서 더욱더 광범위하게 수용되고 있었다.
시인은 철학자가 쟁취한 정치의 발언권에 대한 권위와 심지어 진
보주의적인 담론까지도 자신의 것으로 만들어 버린다. 시인은 미
래를 향해 방향을 선회하지만, 그러나 자신의 종교적인 영기(靈
氣)를 보존하면서 스스로 예언자가 된다. 낭만주의 시인은 국민
을 인도하는 사람으로서, 그리고 비니의 작품에 등장하는 모세
와 같은 인물로서 간주된다. 그렇다면 시인은 하늘로부터 국민
에게 부여된 신성한 법의 찬미자일까? 아니면 국민의 대변자일
까? 낭만주의 시의 정치적 진보는 이러한 해석으로부터 또 다른
해석으로 이행해 가는 과정에서 이루어지고 있었다. 1830년 무
렵, 승리를 거둔 것은 두번째 해석이었다. 시인은 스스로가 보
통선거에서 배제되었을 뿐만 아니라 덜 성숙했다는 이유로 여전
히 정치적 목소리를 낼 수 없는 국민의 대변자라고 생각하게 되
었던 것이다. 국민은 다가올 정치의 주제였으며, 바로 이런 개
념에서 대단히 중요한 존재였지만, 이들에게는 자신들의 열망을
표출하고, 그리하여 자신들의 꿈이 실현될 수 있도록 부추기는
어떤 목소리가 필요했다. 이런 이유로 시인의 정치적 담론은 현

실의 상황에 포함되어 시인의 불완전성을 증명해 주었으며, 동시에 그것은 정치적 담론이 될 수 없었다. 왜냐하면 시인은 실제적인 정치 활동에 개입하지 않았기 때문이다. 이 개념은 1830년 이후에 다시 확인된다. 말하자면 그 시기는 '혼란스런 시기,' 그리고 어두운 정치적 활동과 암울한 미래로 인해 당시의 상황을 명확히 밝혀 주고, 희망이 있는 곳을 말해 줄 수 있는 예언자를 더욱 필요로 하는 시기였던 것이다.

예언자적인 시인의 이러한 이미지는 시인에게 정치적인 권위를 완전히 부여하면서도 시인을 정치적 행위와 즉각적인 편가르기로부터 분리하는 것처럼 보인다. 사실상 정치란 시가 그것을 언급할 때, 1831년 리옹에서 발생한 반란의 타격을 받고서 라마르틴이 쓴 '혁명'에 관한 길다란 시에서처럼 종종 역사철학의 시각 속에 다시 위치한다. 서사시의 모델에 관심이 쏟아짐으로써 이러한 시각이 정치로 확장되고 있었다. 위고의 《악마의 최후》와 같은 시들이나 에드가 키네의 《나폴레옹》 혹은 《아하스베루스》와 같은 시도는 19세기를 사로잡고 있던 커다란 정치적 문제들의 시각으로 신화에 의미를 재부여하려는 의도를 보여 준다. 따라서 사탄의 모습은 반항과 악이라는 부정적인 모습으로서 뿐만 아니라 더욱 고귀한 하모니를 창조하는 능력으로서 현대적 자유의 상징이 되었다.

서정시와 정치

• 정치를 언급하는 시의 특성은 또한 서정시의 발전에서도 유래한다. 《명상시집》(1820) 이후부터 낭만주의 시는 자신의 참모습을 드러내 주는 주제의 표현이 되고자 했으며, 그것이 화자의

윤리적인 책임을 전제로 한다는 의미에서 하나의 말로서 규정된다. 낭만주의 시는 한 개인의 진실이다. 또한 낭만주의 시는 한 개인의 근원을 강력하게 수용하기 때문에 여론이 아닌 정치적인 참여를 언급하는 경향이 있다. 돌이켜 보자면, 이러한 정치적 참여는 이 시기 동안 줄곧 개인의 선택에 부응했으며, 개인의 의식에 대한 결정을 드러내 주었다. 시인은 전적으로 주어로서 규정되고 있었던 만큼 특히 탁월한 정치적 주어로 존재하고 있었다.

나아가 전적으로 말하는 행위로서의 시는 화자에게 결부되어 있을 뿐만 아니라 하나의 문맥, 그리고 그 시의 의미가 강력하게 연결되어 있는 특수한 순간에 뿌리를 두고 있었다. 따라서 이러한 특성을 통해 시는 정세와 상황을 말하는 경향이 있었던 것이다. 시는 상황에 대한 담론(말하자면 모든 상황을 다룰 준비가 되어 있는 말)이 아니라 한순간과 그 순간의 위급함, 그리고 그 의미심장한 특수성을 표현한다. 시는 또한 특수한 상황에 대한 반동·항의·분노의 표현 방식이기도 하다. 뮈세는 언론 검열을 부활하는 9월 법안이 가결되던 1835년에 〈언론에 관한 법률〉이라는 길다란 항의성 시를 발표했으며, 1841년에는 라인 강 좌안의 재정복 문제에 관한 독일 시인 베커의 시에 반격을 가하려는 목적으로 〈독일의 라인 강〉이라는 시를 썼다.

서정시는 정치에 관한 담론이 아니었지만 정치적 행위에 버금가는 것이었다. 순수한 상태의 설득력을 지닌 힘으로서의 서정시는 혁명의 감동을 이어받아 그것을 연장시키고, 또 그것을 완성했다. 서정시는 정치에 복수를 했고, 전쟁을 선포했으며, 자신의 근거를 증명했고, 정치를 멸시하기도 하고 수정하기도 했던 것이다.

• 그러나 7월 왕정하에서 정치적 삶의 모습이 훼손되어 가고 있었을 때, 그리고 정치의 현실적 실천이 더 이상 개인의 정치 참여의 장소로, 진실의 장소로도 나타나지 않고서 오히려 개인들의 이익과 이기주의의 비열한 카니발의 장소로 나타나게 되었을 때, 정치와 시 사이를 연결시켜 줄 수 있는 것은 무엇일까? 그런데 시는 진실성이라는 자신의 존재 근거와 특정 주제에 대한 동일성의 표현이라는 이름으로 거짓말과 망상, 여론의 기회주의적인 변화의 장소로 그때부터 여겨지던 정치와의 연결 관계를 부인한다. 뮈세의 《새로운 시들》의 마지막을 장식하는 작품 〈독자에게 보내는 소네트〉는 시 자체에 대한 성실성을 이유로 정치에 대한 이러한 거부감을 표현한다:

애석하도다! 정치란 바로 우리의 재난이 아니던가!
나의 가장 훌륭한 적들은 정치를 하라고 나를 부추긴다.
오늘 저녁 붉은색이 되었다가 내일이면 흰색이 되는 이런 정치, 맹세코 이건 아닌데.

사람들이 내 작품을 읽고 난 다음 또다시 읽어 주면 좋으련만.

그러나 정치로부터 벗어난다는 것, 그것은 시와 정치적 행위의 연결을 중단하는 일이며, 어떤 방식으로든 시에서 현실을 변화시킬 수 있는 그 자체의 힘에 대한 모든 믿음과 시적인 어조의 모든 효용성을 제거하는 일이며, 시의 의미와 그 이상으로부터 정치적 행위를 균형적으로 박탈하는 일이다. 또한 뮈세는 시와 정치의 이러한 분리에 대한 가벼운 묵인과, 시 속에 이러한 분리에 관해 주석을 달고 깊이 각인하는 글쓰기(〈빈약한 목소리〉), 혹은 정치적 참여의 충동 사이에서 너무나도 탁월한 선택을 할 줄 알았다. 라마르틴은 1831년에 〈네메시스에게〉라는 글을 쓰면서 시와 정치적 행위 사이의 분리를 확인했던 듯하다. 이 작품은 베르그에서 출마한 자신을 비난한 바 있는 팜플렛 작가 바르텔레미에 대한 답장의 성격을 띠고 있었다. 라마르틴은 시에 대항하는 자신의 정치적 참여를 이렇게 옹호했다:

로마가 불타오를 때 노래를 부를 수 있는 사람에게 수치심을……

정치적 참여는 시라는 창작 행위의 중단을 전제로 하며, 따라서 정치와 시 양자는 서로에게 영향을 받지 않는 분야에 속한다. 그렇다고 해서 시가 정치와 아무런 관련도 없다는 것을 의미하는 것은 아니다. 여기서 라마르틴은 정치인으로서의 작가와 정치적 의식이 있는 시인 사이에 구별이 필요하다는 것을 설정한다.

• 여전히 시는 진실에 대한 의식이자 보루라는 바로 그 이유로 정치가 평가받는 장소가 될 수 있었고, 진실과 융합된 어떤 정치의 조건이 말해지고 고안되는 장소가 될 수 있었다. 또 시는 별다른 두려움 없이 현대의 관심사를 다룰 수 있었다. 그렇다고 해서 시가 후손들로 하여금 정치에 대한 관심을 잃도록 하지는 않았다. 왜냐하면 위고가 말한 바와 같이 시는 즉각적으로 정치를 역사로 변환시키기 때문이다. 시는 그의 역사적 의미만을 충실히 기록하기 위해 부차적인 성격을 명확히 한다. 이러한 개념은 《징벌 시집》에서 절정에 달한다. 이 작품에서 시인은 스스로 양심이 있는 재판관임을 자처하며, 시의 경쟁력을 정당들

의 이름으로 고정된 이데올로기적인 담론과 대립시킨다.

거기서부터 서정은 깊은 변화를 보이면서 출현한다. 1837년에 쓰여진 《M. 펠릭스 기유마르데 씨에게》라는 시 속에서 라마르틴은 서정을 새롭게 정의한다:

> 연민이 펼쳐내는 커다란 한 벌의 수의처럼
> 군중의 하소연에 귀를 기울인 단 한 사람의 영혼이
> 모든 고통으로 신음하지 않았던가!
> 고통은 이 대중을 위해 내 마음속에서 인간적인 것이 되었으며,
> 모든 눈물이 흘러내리는 대양처럼
> 내 영혼은 이 모든 물을 마셨노라!

이 새로운 서정 속에서 '나'라는 자아는 상실되지 않았으나 비개성화되었고, 이것은 여기서 집단적인 주제와 동시에 모든 잠재적인 개인적 목소리를 표현하기 위해서 그리스도에 관한 은유를 통해 환원된다. 주제의 구조와 그 형태, 즉 '나'는 분명 진실에 대한 탄원으로서 보존된다. 담론에서 차지하는 그것들의 자리는 기본적인 것이지만, 그러나 그것은 자아에 대한 표현보다도 훨씬 더 상호 주체성의 장소가 된다. 특히 위고의 경우에 이 서정은 자신의 존재와 진실에 대한 표현으로서 각 개체에게 자신의 목소리를 되돌려 주려 한다.

반대로 서정과 정치 중 하나에 대한 거부가 또 다른 것에 대한 거부를 야기한다는 것을 확인하면서 서정과 정치 사이의 연결을 분명하게 확인해 볼 수도 있다. 예를 들어 르콩트 드 릴의 경우, 정치적 시에 대한 거부는 1852년에 발표된 《고대 시집》의 서문에 나타나 있는 주제에 대한 표현과 어깨를 나란히 한다:

이 책은 한 권의 연구 문집이며, 소홀히 취급되었거나 거의 알려지지 않은 형태로 숙고된 하나의 환원이다. 거기에서 개인적인 감동은 거의 흔적을 남겨두지 않았다. 근대의 열정과 사건들은 전혀 모습을 보이지 않는다. 예술이 어느 정도 한에서 그것이 터치하는 모든 것에 일반성의 성격을 부여할 수 있을지라도, 대중들의 고백 속에는 마음의 불안감과 상당히 쓰라린 관능적 쾌락에 대한 불안감이 자리잡고 있다. 다른 한편으로, 이 시대의 정치적 열정이라는 몇몇 살아 있는 열정들은 행위의 세계에 속해 있다. 사변적인 일은 그 정치적 열정들에게는 낯선 것이다. 이것은 이러한 연구의 몰개성과 중립성을 설명해 준다.

샤를 보들레르

비평은 시인 보들레르의 선언을 전적으로 신뢰하면서 오랫동안 그의 시에 대한 비정치적인 독서를 제안했다. 사실상 한 세기 반에 걸친 후퇴의 시기와 함께 《악의 꽃》이 정치적인 무엇인가를 즉각적으로 알아차리도록 남겨둔 것은 아무것도 없다. 그럼에도 불구하고 최근에 이루어진 다수의 연구들은 그 작품을 시각을 달리해서 다시 읽어보도록 권유한다. 보들레르의 비정치화는 항상 같은 뜻을 지닌 것도, 완벽한 것도 아니다. 그는 1859년에 나다르에게 보낸 한 편지에서 다음과 같이 고백하고 있다: "나는 정치에 더 이상 관심이 없음을 스무 번도 더 깨달았다. 그런데 심각한 문제가 제기될 때마다 다시 호기심과 열정이 끓어오르곤 한다." R. 뷔르통과 D. 오엘레의 저작들은 보들레르의 무수한 시들을 정치적인 맥락과 연결시킬 때, 특히 몇몇 주제와 은유(포도주, 사탄, 사나운 짐승, 어리석은 짓거리……)를 사회적이고 의미론적인 맥락과 연결시킬 때 그의 시들이 정치적인 의미를 띠고 있음을 보여 준다. '반란' 편의 서막을 여는 〈성 베드로의 부인(否認)〉은 하나의 잠언처럼 읽혀질 수 있다. 그 잠언 속에서 예수는 먼저 열광적으로 환영을 받고("그대가 영원한 약속을 지키기 위해 오는 너무나도 눈부시고 아름다운 그날들을 그대는 꿈꾸고 있었지"), 이어 '비열한 사형집행인들'로부터 모욕을 당하고 십자가에 못박혀 죽는 제2공화국의 모습(공화주의적인 예수는 1848년식의 언어로는 흔한 이야기였다)으로 나타난다. D. 오엘레는 보들레르의 시를 1848년 6월의 심한 충격에 뒤를 이어 연속적으로 발생한 억압 상태를 극복하기 위한 하나의 시도로서 파악한다. 오비네의 《비가》에서 차용한 《악의 꽃》의 머리글은 은폐된 악의 폭로를 알려 주고 있으며, 정치적 사건에 영향을 미치는 언론 검열(다수의 작가들이 억압에 대항해 이의를 제기함으로써 벌을 받았다)과 자기 검열(부르주아층 지식인들의 그릇된 양심)의 폐지로부터 그것을 읽어볼 수 있다. D. 오엘레에게 있어서 〈백조〉는 6월의 대학살을 상기시켜 주는 것이자 가톨릭의 송가에 관한 시였다. 그 시에서 회상은 망각에 대한 거부("파리는 변하고 있다! 그러나 나의 멜랑코리 속에서 움직이는 것은 아무것도 없었다")를 증명한다. 카루셀의 자리에서 오스만식의 변화는 거기에서 학살된 6월의 폭도들에 대한 기억을 지우지 못할 것이며, 그 포로들과 승리자들——시인의 사상이 대상으로 삼고 있는——에 대한 기억도 지우지는 못할 것이다.

　보들레르의 시는 정치적 억압에 대항해 투쟁했지만, 어떤 면에서 보면 이러한 억압과 그 메커니즘을 증명하는 것으로 국한되어 있었다. 정치는 그의 시에서 마치 현실적인 해석이 필요한 꿈속에서처럼 코드화되고, 제자리에 놓여 있지 않은 듯한 우의적인 형태를 띠고 있다. 거기에서는 위고나 라마르틴의 작품의 서정에서처럼 더 이상 정치적인 언어는 존재하지 않는다. 그것은 그의 담론의 미학적 책임을 담당하는 개인이라는 주제와는 더 이상 관계가 없다. 게다가 텍스트는 진실과의 안정적인 연결을 더 이상 요구하지 않으나, 거짓과 위선의 특징을 지니고서 움직인다. 무의식의 세계——개인적이고 집단적인——를 통과한 정치는 환각이나 꿈 같은 테마와 뒤섞이며, 이것이 정치의 의미의 변동에 기여한다. 도덕적으로, 그리고 정치적으로 보들레르는 극우와 극좌, 그리고 동시에 제주이트적이고 혁명적인 경향을 띠는 '이중의 가정'에 의해 움직이노라고 선언한다. 이에 관해 그는 1859년에 나다르에게 보낸 편지에서 "아주 참된 정치란 그러한 것이어야 한다"라고 말한다.

2. 연 극

상연되어야 한다는 조건에 의해 연극은 문학 장르 중 가장 정치적인 장르로서 등장한다. 연극은 하나의 공동체를 형성하면서 모여든 관객을 상대로 하며, 그렇게 함으로써 다른 예술 장르보다 정치를 언급하는 데 있어 더욱 유리한 위치를 차지한다. 그러나 또한 이런 이유로 연극은 특별히 감시를 받아야 했고, 언론 검열을 받아들여야 했으며, 따라서 정치는 연극에서 직접적으로 표출될 수는 없었다.

• 낭만주의는 새로운 형태의 연극, 즉 정치적인 생각과 의도

에 직접적으로 결부된 드라마를 창안해 낸다. 가장 먼저 연극이 '역사적 장면들'의 구성으로 나아가야 한다는 생각은 바로 자유주의적 낭만주의자들에게서 시작된다. 역사가 국민에 의해——정치지도자들 이상은 아니라 하더라도——이루어진다는 사실을 깨달은 그들은 국가적 역사의 에피소드를 표현하고자 하며, 이것이 투쟁 속에서의 국민의 모습을 파악하도록 해준다. 그리고 그들은 경우에 따라서 왕권을 풍자하기도 한다. 이러한 의도는 단일한 행위에 집중된, 그리고 정치를 군주 한 사람만의 행위로 제시하는 고전 연극의 미학으로 만족하지 못한다. 메리메의 《자크리의 반란》과 같은 희곡들은 10여 명의 인물을 등장시키고, 사회적 분할을 제시하며, 개인이나 집단의 결정이 취해지는 수준의 다양성을 보여 준다. 아울러 한 군주의 이성적인 의도라기보다는 적대적인 그룹들 사이의 분쟁을 정리하는 것으로 보이는 정치의 복잡성을 보여 준다. 낭만주의 드라마는 정치가 지니는 지위의 다양성을 보여 주면서 이러한 표현을 추구한다. 정치의 두 가지 시각의 차이를 측정하기 위해서는 위고의 《크롬웰》과 코르네유의 《키나》를 비교해 보는 것으로도 충분하다.

우리는 낭만주의 드라마 속에 정치가 보편적으로 존재하고 있다는 사실에 놀라움을 금치 못한다. 정치는 위고의 대부분의 드라마에서 핵심을 차지하고 있을 뿐만 아니라, 뒤마와 비니의 작품과 뮈세의 《로렌차초》에서도 존재한다. 《에르나니》는 권력과 그 적법성을 언급하고, 《마리 튀도르》는 절대군주제와 그에 대한 실패의 문제점을 다루며, 뒤마의 《리샤르 다를랭통》의 제1막은 선거에서 벌어지는 돈거래의 현장을 생생히 그려낸다. 그럼에도 불구하고 이러한 정치적 주제들은 이미 지난 세기에 취급된 것이라는 사실을 깨달을 수 있다. 이는 검열이 아마도 정치적 주제들을 역사적 관점에서 접근하고 있었음을 밝혀 주기 때문일 것이다.

• 그럼에도 불구하고 현실성에 대한 암시는 부족하지 않다. 심지어 작가들은 이러한 관계를 토대로 관객의 관심을 끌고자 노력하는 것처럼 보인다. 네르발의 《레오 뷔르카르》에서 프랑스의 정치적 상황의 전환은 분명한 것처럼 보인다. 그 연극——보수주의적이면서 마침내는 올바른 정치를 이끌어 가는 군주의 변화를 위해 정치 행위에 참여한 개혁적이고 자유주의적인 한 작가의 이야기를 통해서——은 왕정복고의 정리론자들을 떠올리도록 해준다. 그들은 루이 필리프 체제의 장관들이 되어 자신들의 개혁 청사진을 보수적이며 억압적인 정책 속으로 파묻어 버린 사람들이다.

당시의 상황이 분명히 전환되고 있었음에도 불구하고 낭만주의 드라마는 현실적인 문제들에 관한 논쟁을 포함하기보다는 오히려 커다란 정치적 문제들을 제기하고 있었다. 네르발의 연극과 뮈세의 《로렌차초》는 사상과 행동 사이의 관련성 문제, 그리고 계획을 정치적인 실천으로 옮길 때 행동에 필연적으로 따르는 부패의 문제를 제기한다. 낭만주의 연극은 정치와의 긴밀한 관계를 표현하지는 않는다. 오히려 낭만주의 연극은 정치가 삶의 모든 양상과 관계되고, 인간의 관계와 운명 속에 포함되는 방식으로 정치를 숙고하도록 자극해 주는 요소였다. 낭만주의 연극은 정치를 제거해서 그것을 모든 사람에게, 그리고 모든 것에게 되돌려 주었던 것이다. 《마리 튀도르》의 서문에서 위고는 드라마의 이러한 개념을 다음과 같이 제시한다:

드라마는 삶 속에 어우러진 모든 것을 무대 위에서 혼합하는 일일 것이다. 그것이 저기서는 폭동이 될 수도 있고, 여기서는 사랑의 한담이 될 수도 있으리라. 그리고 사랑의 한담을 통해서 그것은 국민에게 교훈을 줄 수도 있을 것이고, 폭동을 통해서 마음에 대한 외침이 될 수도 있을 것이다.

• 낭만주의 드라마는 효과적으로 정치적 의도를 키워 나갔다. 위고는 새로운 형태의 연극이 인습적으로 서로 다른 지위로 분리되는 두 계층의 관객들을 끌어모으길 기대한다. 두 계층의 관객이란 거리에서 흔히 볼 수 있는 서민층과 코메디프랑세즈의 교양을 갖춘 부르주아층 관객이다. 바로 여기서 행위에 대한 관심을 감정과 숙고에 대한 관심으로 연결해 주면서 진부한 것을 비극과 뒤섞는 혼합된 미학의 필요성이 대두된다. 위고는 국민을 위한 위대한 예술을 만들고 싶어했다. 이것이 바로 위고가 카렐과 같은 자유주의자들과 대립되는 요소이다. 카렐에게 있어서 국민이란 예술이 필요하지 않은 존재였다. 왜냐하면 예술은 무익하고, 따라서 안락한 계층 사람들의 사치스런 오락거리로밖에는 생각될 수 없었던 때문이다. 르네상스 연극——오를레앙 공작의 지원 덕분으로 1838년에 낭만주의 드라마를 위해 만들어진——은 융합이 시도되는 무대의 장소였다. 《에르나니》에서부터 《성주들》에 이르기까지 위고의 연극은 정치적이며 미학적인 투쟁의 장소였다. 이 시기의 모든 희곡에는 반드시 서문이 쓰여졌는데, 이 서문들은 작가의 책임과 '생각으로 대중의 빵을 만들어야만 하는'(《성주들》) 연극의 사명을 반복적으로 강조했다. 위고는 《에르나니》의 재상연을 놓고 코메디프랑세즈의 잠재적인 검열에 맞서 벌였던 소송들에 관한 연극을 제작했고, "금

후부터 이 소송이 이루어지지 않는 경우, 어떠한 책의 출판도 완성되지 않을 것이다"라는 점을 분명히 했다. 드라마의 대본이 실린 이 텍스트들은 문학으로부터 정치적인 목적을 만들어 내고, 독자들에게 미학과 정치의 연관성을 숙고해 보도록 자극하는 하나의 방식이었다.

• 낭만주의 연극과 그 새로운 형태는 정치적 실망감과 동시에 일어난 실패를 경험하게 된다. 그 연극의 헐떡임은 7월 왕정하의 정치적 삶의 끈적거림과 일치하며, 모든 현실적인 논쟁의 숨막힘과도 일치한다. 뮈세는 이미 '안락의자에서 보는 연극'을 집필하기 위해서 자신의 희곡들이 상연되는 것을 거부한 바 있다. 《로렌차초》가 보여 준 사고와 행위 사이의 결별, 그리고 정치적 행위의 진퇴유곡은 또한 연극의 정치적 차원을 완성해 주는 상연이라는 관점의 포기를 함축하고 있다. 1843년, 《성주들》의 실패는 프랑스의 진퇴양난의 상황과 일치한다(위고는 한편으로 이 희곡에서 유럽적인 어려운 상황에서 벗어나고자 한다). 위고가 자신의 연극 상연의 실패를 표명하고 연극의 상연을 거부함으로써 연극은 예술가가 처한 정치적 상황과 그 시대의 정치적 상황을 가장 분명하게 표출했던 것이다.

제2제정하에서의 보드빌[18세기의 노래와 춤이 곁들여진 무대극]의 성공은 통합의 사명을 띤 특정 연극의 포기를 확인해 준다. 보드빌은 부르주아층의 연극으로서 정치성이 없어진 부르주아층을 대변하고, 이것이 그 계층을 통속적이고도 우스꽝스러운 존재들로 만들었다. 《루르신 거리의 사건》은 부르주아층이 일반 대중과의 분쟁을 환상화시키는 것 말고는 더 이상 아무것도 할 수 없음을 보여 준다. (두 주인공은 그들이 방탕한 밤을 보내면서

한 여자 숯장이를 살해했다고 상상한다.)

• 그럼에도 불구하고 대중 연극의 의도는 1848년 혁명을 통해 다시 가동되었고, 조르주 상드가 코메디프랑세즈에서의 상연을 위해 쓴 여러 편의 희곡과, 지방을 떠도는 유랑극을 창시한 배우 보카주의 이니셔티브를 통해 짧은 완성의 시기를 경험한다. 그러나 반동적인 공화국과 나아가 제2제정은 이러한 이니셔티브를 봉쇄한다. 이 시기 동안 연극은 국민을 감동시키고, 국민에게 민주적인 교육을 시켜서 정치적 책임을 의식할 수 있는 공동체를 재창조할 목적으로 예술의 형태를 추구하는 사람들의 담론에서 대단히 중요한 자리를 차지하고 있었다. 미슐레는 연극의 교육적 가치를 끊임없이 강조했으며, 특히 연극으로부터 국민들을 위한 공민 교육의 도구를 만들어 내었다. 그는 아테네의 민주정치에서의 연극의 역할을 찬양했으며, 이러한 예를 받들어 작가들이 전해져 내려오는 속담이나 국가의 전설 등을 이용한 국민을 위한 새로운 형태의 연극을 창안하기를 고대했다.

그리하여 당시 정치적인 차원으로 무대에서 상연될 수 없었던 연극이 점점 공상적인 테마로 되어가고 있었음을 확인하게 된다. 《프라카스 대위》에서 연극은 그 귀족을 교육시키면서 견디기 힘든 성(城)의 고독으로부터 빠져 나오도록 하고, 그가 연기하는 등장인물을 통해서 자신의 귀족으로서의 상황을 드러내도록 한다. 계급 교육의 의미를 지닐 수 있는 것은 개인의 교육을 다룬 소설이었다. 쥘 드 라 마들렌의 소설 《사프라 후작》(1859)은 제2제정과 대립하면서 라마노스크의 시민인 에스페리가 시민 의식을 재구성할 의도로 어떻게 해서 셰익스피어의 《카이사르의 죽음》을 자신이 살고 있는 시(市)의 상징으로 만드는 데 앞장서기 시작했는지를 말해 주고 있다.

3. 소 설

• 1840년대 들어서서 소설의 사회적 · 정치적 소명은 신문 연재 소설이 확산되고 동시에 낭만주의 드라마가 실패함으로써 확인된다. 사회주의적 흐름에 결부되어 있던 작가들, 즉 조르주 상드와 쉬는 근본적으로 정치적 · 사회적 문제에 대한 국민들의 정신을 일깨울 목적으로 소설을 쓰기 시작한다. 신문이라는 새로운 후원과 함께 소설은 아마도 일반 대중을 상대로 하기에는 연극보다 훨씬 더 적합한 도구로서 등장했던 듯하다. 신문은 소도시와 시골로까지 독자들을 찾아나섰다. 한편으로 소설은 예술적 관례에 거의 친숙치 않은 독자에게 겁을 줄 수 있는 그러한 장르는 아니었다. 소설이라는 이 장르에 퍼부어지는 비난으로서 '쉽게 읽혀질 수 있다는 것' ——전통적으로 여성에게 해당되는 ——은 본능적으로 '생각하기' 위해 책을 읽지는 않는 대중을 감동시키기 위한 으뜸가는 수단이었다.

1848년 이후의 소설에 영향을 미친 억압적인 조치들——연재 소설을 발표하는 신문에 특별세를 부과하는——은 소설의 정치적 방향을 확인해 주는 결과를 가져온다. 물론 그 조치들은 도덕적인 측면——소설은 관습과 취향을 부패시킬지도 모른다는——을 구실로 강구된 것이지만, 사회주의적인 모든 선전 활동에 대한 반동과 억압의 정치적 문맥은 그 조치들에 진정한 의미를 부여한다. 7월 왕정하의 신문 연재 소설의 흥미로운 대단원을 통해서, 《몽테 크리스토 백작》에서 정치 엘리트들이나 사법 전문 엘리트들의 심각한 부패에 대한 비판이 제기된 것처럼, 상당한 비판들이 제기되고 있었다.

• 소설이 여러 사상과 정치적 논쟁의 특권적 버팀목이 되었던 것은 정치적 주제와 소설의 형식이 특수하게 일치되었던 때문이다. 정치는 19세기 소설의 현대화에 있어서 중요한 역할을 담당했다. 이 시기의 소설이 현대 세계와 그 역사적인 변화의 표현에 대한 특권화된 형태가 되기 위해서 심리학적인 분석과 교육적인 이야기의 수준을 뛰어넘을 수 있었던 것은 부분적으로는 정치 덕분이었다. 소설이 가급적 현대 세계를 그려내기로 작정하고 그러한 현대성의 특징들을 추구하던 바로 그 순간, 정치는 현대 사회를 가장 잘 규정하는 것으로서 자신을 인정했다. 정치는 소설이라는 종합적인 미학에 적합하며, 그 미학에 대해 정치는 현실을 보증한다. 그리하여 정치는 현대적 삶이 지니는 모든 잔가지들의 신경을 지배하는 것이다. 정치는 가장 다양한 장소들에서 발전한다. 그것은 원인으로부터 결과에 이르는 관련성과 가장 예기치 않은 간섭에 좌우된다. 정치는 가장 다양하고도 가장 예기치 않은 뜻밖의 결과를 가져온다. 정치란 지적이거나 구체적인 인간의 모든 행위를 연결해 주는 커다란 망(網)이며, 소설가에게 다형(多形)의 음모(陰謀)에 대한 모델을 제공한다. 중심부 주변에서의 정치적인 술책과 모든 술책에 대한 표상들이 난무하는 소설보다 더 복잡한 소설은 없다. 발자크의 《수상한 일》이 그에 관한 완벽한 예를 제공한다. 정치는 소설가에게 총괄적 구성이라는 새로운 원칙을 제안한다. 이 새로운 원칙은 소설이라는 장르에 현실적인 계획과 비극적인 행위, 서사시적인 차원을 연결할 수 있도록 해준다. 《비극에 관한 숙고》에서 벵자맹 콩스탕

이 강조한 바와 같이, 현대의 사회 질서는 고대인들의 비극적 운명에 비견될 만한 동기들을 제공하고 있다. 《올빼미당》에서 마리와 몽토랑을 위해 이러한 비극적 운명의 역할을 한 것은 바로 국시(國是)에 바탕을 둔 권력을 지닌 중심 인물인 스파이 코랭탱이었다. 정치는 한 사회 전체의 모습과 그 사회를 구조화하는 관계의 다양한 유형들을 표현하도록 하면서 소설에 서사시적인 차원을 부여했다. 《루공 가의 운명》에서, 공화주의자들과 12월 2일의 쿠데타를 추종한 나폴레옹파 사이에 벌어진 몇몇 전투에서의 행위의 주체가 된 것은 플라상스라는 도시 전체였다. 동시에 메커니즘과 계략, 그리고 은폐되어 있는 인과 관계의 유형을 통해 이러한 서사시적 형태는 나폴레옹파의 새로운 '서사시'가 지니는 하찮은 성격을 드러내 준다. 사실주의 · 비극 · 서사시는 특히 비평에 적합한 유연한 형태를 만들기 위해 서로 조합된다.

• 사실 정치적 음모가 소설의 새로운 형태의 토대를 이룬다 해도, 소설은 상대적으로 현대적인 리얼리티를 분석하고, 특히 정치적 메커니즘 속에서 그에 대한 비평을 하는 데 있어서 가장 잘 만들어진 도구처럼 등장한다. 발레스가 발자크에 관한 강연회에서 말한 바 있듯이, 소설의 형태는 '부분적으로나 전체적으로 우리의 민주 사회와 정확히 일치해야 하는 유일한 것'(《오트루아르》의 서평)이다. 소설의 표현 시스템은 작품에서 지리적으로 혹은 사회적으로 서로 다른 범위에서 장기적으로든 단기적으로든 얽혀 있는 가장 다양한 관련성을 탐구해서 그것을 드러내도록 해준다. 피에르 바르베리는 언론 검열(연극과는 다른)에 대해서 뿐만 아니라 이데올로기(정치적 · 역사적 담론과는 다른)에 대해서도 자신이 누리고 있는 자유를 강조한다. 소설은 '한 작가

가 자신의 모든 진실 속에서 하나의 드라마를 보여 주기 위한 사고의 자유를 찾아낼 수 있는'(《올빼미당》의 초판 서문) 유일한 무대라고 발자크는 쓰고 있다.

문학에서 다양한 형태로 존재하는 정치 사상에 관해 이어지는 담론의 전개는 정치적 의미를 구성하기 위해 소설이 구비하고 있는 다양한 원천에 대한 무수한 예들을 제공한다.

제 II 부
문학 텍스트에서 다양한 모습으로
존재하는 정치 사상

5

등장인물

등장인물들은 그들의 말과 정치적 참여, 행위를 통해 픽션 속에서 정치 사상의 가장 분명한 받침대 역할을 한다. 이러한 정치화는 새로운 것이다. 예를 들면 《마농 레스코》에서 데 그리외의 정치적 견해가 무엇인지 알 수 있을까? 사람들은 그것을 그저 사랑의 얘기라고 말할 것이다. 하지만 쥘리앵 소렐은 정치적 사상을 지니고 있었다. 정치는 심오하게 19세기의 인간을 구성하고, 거기에서 그는 항상 다소간 자발적이든 아니든 수취인으로 존재한다.

1. 정치적 인물의 유형들

문학적 인물의 유형은 전통적으로 심리학적인 특성(구두쇠라든가 염세주의자라든가 하는)에 토대를 두고 있었다. 이러한 규정이 19세기에 들어서도 사라지지 않았음에도 그것은 또 다른 요인들(역사적 · 사회학적)로 인해 복잡한 양상을 띠고 있었다. 그 중에서 무엇보다도 존재하고 사고하는 방식들과 밀접한 관련이 있는 정치적인 옵션을 들 수 있다. 정치는 적어도 그 세기 전반부에 정치적 양상이 분명하게 구분되는 정도에 따라서 일종의 유형화를 허용한다. 여러 세대들에 대응하는 정치적 계층들은 또한 분류의 관점을 조장한다. 결국 정치는 인물들의 규정에 공헌하는 구체적인 기호의 총체를 통해 자신을 드러낸다. 따라서 19세기에는 의복에 대한 정치적 기호학이 오늘날보다 훨씬 더 분명하게 나타나고 있었다. 즉 샤를 10세 옹호자들이 착용하던 희고 푸른색, 앙시앵레짐의 복장(염색한 머리, 연미복의 꼬리, 반바지 등), 루이 필리프 치하에서의 반대파의 검소한 검은색 복장, 1848년 공화주의자들의 턱수염 등이 그것을 보여 준다.

과격 왕당파(그리고 그 변형체들)

• 우리는 프랑스 대혁명과 그 혁명의 가치, 그리고 거기서 비롯된 새로운 사회에 대한 전반적인 거부로 규정되는 정치적 태도를 지닌 인물들의 총체를 이러한 분류 속에 위치시킬 것이다. 과격 왕당파라는 용어는 왕정복고라는 상당히 구체적인 시기에 의거한다. 이 용어는 1815년 부르봉 왕가의 복귀에서부터 태동한 정치적 흐름으로서 과격 왕정주의의 옹호자들을 지칭하는 말이다. 과격 왕당파들은 혁명의 모든 업적을 지워 버리고 앙시앵레짐으로 다시 돌아가려 했다. 그들은 1814년 헌장 아래 일치된 타협과 화해의 필요성을 느끼는 국왕의 오른편에 위치해 있었다.

과격 왕당파, 그것은 한계를 넘는다는 것이다. 왕권을 명목으로 왕홀(王笏)을 공격하고, 제단을 명목으로 주교관을 공격하는 것이다. 그것은 자기가 거느리고 있는 것에게 지독한 꼴을 당하게 하는 것이다. 수레를 끌고 가는 말이 뒷다리로 마부를 차 버리는 것이다. 이단자를 태워 죽이는 고통의 도가 적다고 하여 화형

에다 어려운 주문을 덧붙이는 것이다……. 너무도 강하게 찬성하는 나머지 반대하는 일이 되는 것이다. (《레 미제라블》)

우선 루이 18세 치하 초기의 자유스런 분위기에 의해 밀려난 과격 왕당파는 왕권의 계승자인 베리 공작이 암살된 이후 무대의 전면에 등장하여 정치적 세력을 굳건히 형성한다. 이러한 흐름을 가장 잘 대변한 장관이 바로 빌렐이었다. 그 뒤에는 왕정복고 말기에 폴리냐크가 정부의 수반으로서 1830년 7월 자유를 침해하는 명령을 공포한다.

1830년까지는 과격 왕당파가 권력을 쥐고 있었다. 따라서 많은 야심가들은 스스로 과격 왕당파를 자처했다. 《적과 흑》에서 레날 경은 과격 왕당파이자 베리에르의 시장이었다. 과격 왕당파들은 등장했다가 사라지는 법칙에 따른 사회적 카스트로서의 귀족층을 재구성하고자 노력했다. 물질적으로 볼 때 이러한 의도는 막대한 토지소유권의 재창조나 보존을 전제로 한다. 발자크의 귀족들은 상속 재산의 몫을 과장하고 귀족의 작위를 받기 위해 세습 재산을 축적하는 데 골몰한다. 토지와 귀족의 가치가 이러한 흐름을 지배하고 있었다. 왕정복고 이후부터 레날 경은 자신이 기업가라는 사실에 대해 수치스럽게 생각한다. 귀족층이 재구성되는 징후가 보이기 시작했다. 그것은 귀족층의 담장(대귀족 부인들——발자크의 공작 부인들과 왕녀들——이 자신들의 우아한 도편 추방을 행했던 생제르맹 구역)의 흔적을 과시하는 폐쇄된 사회의 조직화로부터 일어나고 있었다. 끝으로 귀족층의 재구성 시도는 정신적인 차원을 포함한다. 과격 왕당파는 종교를 복구하고자 했고, 교회는 과격 왕당파와 정치적 동맹을 이룬다. 흔히 공상적인 인물로 등장하는 과격 왕당파 사제는 콩그레가시옹〔왕정복고 시대의 지도자 계급을 모아 결성한 종교결사〕에 속해 있었다. (자유주의자들의 시각에서 볼 때, 이는 대단히 강력한 여러 하부 조직과 음험한 의도를 지닌 단체였다.) 과격 왕당파 사제는 《적과 흑》에 등장하는 보좌신부 말송이나, 종교를 통해 국민을 도덕적으로 혁신시키려는 《농민들》의 신부처럼 라므네적인 모습을 띠고 있기도 하다.

과격 왕당파의 극단적인 모습은 혁명을 회피하여 왕정군에 가담함으로써 공화국에 타격을 입히고, 그리고 특히 망명의 생활고와 쓰라림을 경험한 **망명 귀족**의 모습을 하고 있었다. '아무것도 깨닫지 못하고, 아무것도 망각하지 않은 채' 프랑스로 돌아온 귀족들은 그들의 편협한 편견들, 즉 역사 의식에 대한 전적인 결함을 구체화하며, 《골짜기의 백합》에 등장하는 M. 드 모르소처럼 과거 속에 파묻혀 버린 존재를 상징한다.

• 1789년과 1815년 사이에 행위가 벌어지는 작품들은 **반(反) 혁명**의 유형을 등장시킨다. 대개 1830년 이후에 쓰여진 이 작품들에서 왕당파의 모습은 그 파벌의 궁극적인 발전을 위한 모습으로 그려진다. 대혁명에 대항하는 군대를 소유한 귀족층, 서부 지역에서 일어난 내란의 반혁명 왕당파, 혹은 제정하에서의 반나폴레옹파의 음모, 부르봉 가를 권좌에 복귀시키려는 반혁명파의 투쟁 등이 바로 왕당파의 모습이다. 어떤 명확한 정치적 계획도 없이 그들은 추락한 권력에 대한 충성심을 구현하는 정치적 행동가들이었으며, 이러한 관점에서 그들의 역동성은 혁명의 영웅뿐만 아니라 왕정복고를 시도하던 왕당파의 명백한 무능력에도 하나의 대위법을 가져다 주었다.

19세기 후반부에 들어서서 이런 유형의 표현은 정치적이라기보다는 오히려 이데올로기적인 양상을 강조하고, 나름대로의 논리와 가치를 지니고 있는 앙시앵레짐과 대혁명이라는 두 파벌 사이의 대립을 강조한다. 《1793년》에서 랑트나크 후작은 상당한 특징들을 통해 조제프 드 메스트르의 철학을 암시하는 반혁명적 이데올로기를 대변한다. 이 작품의 앞장들은 한 인물을 그려내고 있다. 그에게 있어서 진보는 존재하지 않으며, 과오는 속죄되지 않기에 인간은 생성 변화하지 않는다. 《레 미제라블》에서 질르노르망은, 위고가 그 소설을 쓰던 시기에는 심리·사회학적인 결정들이 정치적인 결정들보다 더 중요한 것으로 느껴지고 있었다는 사실을 알려 주는 변화로서, 반혁명적인 부르주아의 아류를 제시한다. 질르노르망은 어느 특정한 정치 형태에 결부되어 있다기보다는 오히려 보수적이고 권위적이며 에피쿠로스적인 사람이었다.

• 1830년 이후, 부르봉 가의 잔당들이 권력에서 축출되자 오를레앙 공작인 루이 필리프가 국왕이 되었다. 과격 왕당파라는 거대 정당은 새 왕권과의 연합을 거부했다. 그들은 **정통 왕당파** 혹은 샤를파(샤를 10세의 지지자들)로 불리어졌다. 한무리의 사람들이 국회의원과 상원의원(1818년부터 1848년까지), 그리고 사법관의 역할을 거부하면서 정치적 삶에서 이탈했다. 그들은 낙향했고, 그리하여 지주로서의 그들의 신분이 강화된다. 《뤼시앵 뢰뱅》은 낭시에서의 그들의 모습을 보여 주는 작품이다. 그들은 폐쇄된 작은 사회로 물러나서 또 다른 혁명이 일어나지나 않을까 하는 불안 속에서 삶을 영위한다. 믿음이 깊으면서도 귀족의 편견에 사로잡힌 채, 안면을 실룩거리며 새 정부의 대표들에게 모욕적인 말을 퍼부어대는가 하면, 변덕스러운 그들은 흰

색 옷과 녹색 옷을 입고서 서로 나뉘어 그들의 군주의 생일을 축하하면서도 의지가 박약하여 체제에 대해서는 겨우 음모를 꾸밀 정도였던 것이다.

그러나 정통 왕당파 내부에서도 더욱 진보적인 소수파는 부르주아층에 대항하여 대중의 지원을 추구한다. 그리하여 소수파는 투표의 확대를 요구하고, 그리스도교적이며 온정주의적인 시각으로 사회적 문제에 관심을 기울이며, 자신들의 영역에서 새로운 경작 기술을 사용하기에 이른다. 발자크가 그의 유토피아적인 작품들에 등장하는 개혁가들을 위해서 영감을 얻은 것은 아마도 이런 유형의 정통 왕정주의였을 것이다.

공화주의자

역사는 공화주의자를 혁명 기간의 공화주의자와 19세기의 젊은 공화주의자라는 두 가지 카테고리로 더욱 세분화한다.

• 문학 텍스트에 나타나는 바로 그러한 1792년의 공화주의자는 대개 자코뱅 클럽으로서, 자신이 살고 있는 도시의 혁명재판소에 소속되어 있었다. 전설적인 유형은 전통적인 혁명파의 유형(《레 미제라블》에 등장하는 국민공회 의원인 G.)이다. 문학 속에서 유혈을 좋아하는 공포 정치가의 이미지는 신념과 원칙에 충실한 사람의 이미지와 폭넓은 균형을 이루고 있다. 발자크는 《농민들》에서 자코뱅 클럽의 전(前)의장이었으며, 혁명재판소로부터 매도당한 니스롱 영감의 모습을 그려낸다. 그는 농민들 그룹에서 정치화한 유일한 인물이다. 그는 순수성과 도덕적 양심을 구현한다. 그러나 그는 나름대로 망명 귀족의 복고적 경향만

큼이나 뚜렷한 하나의 복고주의를 의미한다. 그의 정치적 이상은 혁명의 급진주의라기보다는 절대적인 도덕적 요구이며, 이는 종교를 통해서도 회복될 수 있는 것이다.

프랑스의 서부 지방을 무대로 하는 소설 속에서 푸른색(착용하고 있는 제복의 색깔로 인해 공화국 병사들에게 붙여진 단어. 후에 가서는 공화국 지지자들에게도 이 단어가 확대 적용된다)의 형상은 올빼미당[반혁명 왕당파]의 형상과 대립된다. 국가의 부를 획득한 자 역시 공화국 병사들의 진영에 포진해 있었다. 경제적인 이유와는 무관하게 1789년부터 헌법제정회의가 판매하던 교회나 망명 가족들의 영지를 사들이는 행위는 그들의 혁명정치에 대한 지지의 태도처럼 비쳐졌다.

• 젊은 공화주의자들은 1830년 이후에 행위가 전개되는 소설 작품들 속에서 출현한다. 왕정복고하에서 공포정치와 결부된 공화주의자들의 여론은 극소수이어서 자유주의자들의 대열에 포위되어 있었다. 1830년 이후 9월 법령에 의해 그 범위가 대단히 제한적이고 불법적인 것으로 비난을 받았음에도 불구하고 공화주의가 여론으로 형성되고 있었다. 공화주의자들은 부르주아 층보다는 젊은 층, 학생들 층에서 모집되었다. 파리에서는 공화주의자들이 파리 이공 대학과 법과대학, 그리고 의과대학에서 모집되었다. 군대에서는 포병들과 공병대 장교들로부터 모집이 이루어지고 있었다. 스탕달의 소설의 시작부에서 알 수 있는 것은, 뤼시앵 뢰뱅이 공화주의자로서 1832년이나 1834년의 어느 날 폭동의 대열에서 이탈했다는 이유로 이공대학에서 쫓겨났다는 사실이다.

젊은 공화주의자는 7월 왕정의 작가들에 의해 산악당[과격 혁명파)과는 완전히 구별된다. 공화국에 대해 젊은 공화주의자가 삼고 있는 모델은 오히려 미국적인 것이다. 1820-30년대 이래로 미국 헌법의 민주적 발전은 사실상 미국을 완성된 공화국의 유일한 현대적 모델로서 제시한다. 《뤼시앵 뢰뱅》에서 낭시의 공화파 수장인 고티에는 미국의 민주주의를 찬양하는 사람으로 등장한다. 그의 '단순한 제스처,' '엄청난 에너지,' '명백한 성실성'으로 인해 공화국 지지자인 뤼시앵은 그에게 호감을 갖게 된다. 반대로 '가장 파렴치하고 가장 비굴한 저속성'이 고티에와 연결된 협력자들의 특성을 형성한다. 이들은 민주주의라는 인간의 완성물에 관해서 스탕달이 가졌던 두려움을 여실히 보여 주는 사람들이다.

같은 시기에 발자크가 《인간 희극》에서 묘사한 공화주의자로는 미셸 크레스티앵이 있다. 그는 '국민공회와 근엄한 공안위원회(1793년 당시)를 다시 구성하고자 염원하던 엄격한 사상을 지닌 공화주의자들'과는 거리가 먼 인물이다. 그는 '전유럽에 적용되는 스위스 연방'(《카디냥 공주의 비밀》)을 꿈꾼다.

이와는 반대로 1848년 이후에 쓰여진 텍스트들 속에서, 7월 왕정의 젊은 공화주의자들은 설사 그들의 공화국이 스스로 더욱 폭넓고 더욱 인간적인 것이 되고자 했음에도 불구하고, 《레 미제라블》에 등장하는 아베세(l' ABC; 'l' abaissé'와 同音異語인 공화주의자 비밀결사 단체, 국민)의 친구당처럼 1793년의 상속자이자 계승자로 되돌아갔다. 이것은 아마도 결정적으로 공화국을 프랑스의 한 역사로 만드는 역할을 했던 1848년의 경험 때문이었을 것이다.

《감정 교육》은 1848년 2월 혁명당 출신의 공화주의자들을 두 가지 타이프로 제시한다: 혁신적 사회주의자인 세네칼을 첫 번째 타이프로 꼽을 수 있다. 세네칼은 혁명 이전에 6월의 폭도들 대열에 서서 루이 필리프에 대한 암살 기도에 참여했다가 붙잡혀 벨릴로 후송되지만, 12월 2일 경찰 요원으로서 억압에 참여한다. 또 다른 타이프로는 국민병으로서 1848년 6월 폭도들에 대항하여 싸운 뒤사르디에가 있다. 그러나 자신의 선택에 회의를 품은 그는 12월 2일 쿠데타에 항거하다가 세네칼에게 살해당한다. 이 두 사람 중 부르주아 출신은 없다. 직공장이자 보조 교사의 아들인 세네칼은 독학으로 공부한 사람(신랄한 문인의 모델)이다. 가게 점원이던 뒤사르디에는 교육을 받지 못한 용감한 사내이다. 공화주의 내부에서의 이들 두 사람의 대립은 더 이상 전통적인 정당들의 분열과 일치하지 않는다. 그들 사이의 대립은 결국 질서를 추구하는 인간과 감정을 추구하는 인간 사이의 대립이다. 1848년은 프랑스의 정치적 풍광을 심오하게 변화시켰고, 앞서 이루어진 분열이 더 이상 기능하지 않는다는 것을 분명하게 보여 준다.

자유주의자

왕정복고하에서 자유주의파는 대단히 다양한 정치적 색채들(공화주의자들·합헌군주제 옹호자들·나폴레옹주의자들)을 끌어모은다. 이들은 앙시앵레짐의 신봉자들로서 공통적인 증오심으로 연결되어 있었고, 1815년의 협정에 대해 반교권주의와 반감의 경향을 공유하고 있었다. 이들은 산업·상업·이윤·유가증권의 세계를 대변했다.

• 루아예 콜라르 주변에 재집결한 [왕정복고 시대의] **정리론**

자들은 가장 온건한 사람들로 등장한다. 이들은 1814년 헌장의 옹호자들로서 군주제와 자유주의 사이의 타협을 추구한다.

저 사람들의 방식은 왕당파가 되어 용서를 받는 데 있었다. 과격 왕당파들이 대단히 거만하게 굴던 그 당시, 정리론자들은 조금은 수치심을 느끼고 있었다. 그들에게는 이성이 있었다. 그들은 침묵했다. 그들의 정치적 교리는 적당히 교만함으로 적셔져 있었다. 그들은 성공하는 듯했다……. 그들은 때로 드문 경우이긴 하지만 교묘하게 보수적 자유주의를 파괴적인 자유주의와 대립시키고 있었다. (《레 미제라블》)

그리하여 7월 왕정하의 권좌에 도달한 그들은 오를레앙 가의 가신들(기조 · 쿠쟁)이 된다. 자유주의는 7월 혁명과 함께 공화주의로부터 더욱 분명해진다. 게다가 자유주의는 더 이상 과거에 보수적 왕당파들과 정면으로 대치하고 있던 응집력이 없었다. 의회에서 대단히 광범위한 의석수를 차지하던 자유주의가 더욱 확산되어 권력을 위해 투쟁하는 다양한 분파들로 분화되었다. 대다수 의원들은 정당의 강령에 따라 무리를 이루는 것이 아니라 내각에 우호적이든지, 혹은 라이벌이 되든지 그들의 이해득실에 따라 무리를 이루고 있었다.

1819년의 오늘날 자유주의자는 1814년에 귀환하고 있던 망명귀족만큼이나 늙고 어리석으며, 멍청하고 무능력한 존재들이다. (발자크, 《파리에 관한 편지들》, 1830)

• 7월 혁명 이후 자유주의는 [7월 왕정의] 운동파(라피트 · 뒤

퐁 드 뢰르)와 저항파(카시미르 페리에)로 양분된다. 이어 저항파가 운동파를 제압하자, 거의 유일하다시피 남은 왕당파들은 심각한 의견 대립의 난맥상을 보이지 않았다. 기조를 중심으로 하는 우파는 민주주의의 출현에 대항하여 전력을 다해 궐기했으며, 티에르가 주도하는 좌파는 국가적 명예의 옹호와 국왕의 개인적 권력에 대한 반대를 주장했다. 이도 저도 아닌 제3의 정당은 이들의 분열에 편승하고자 애썼다. 이 정당 저 정당 할 것 없이 모두가 명확한 정강을 가지고 있지 않았다. 모두가 바라는 바는 중간 계층이 통치하고, 또 통치를 계속하는 것이었다.

중도파의 여론은 여전히 오를레앙 가 옹립주의[오를레앙 가가 주창하는 입헌군주제 지지주의]에 대한 문학적 유형을 규정하는 여론을 형성하고 있었다. 중도파는 오로지 자신들의 이익의 보존에만 급급한 보수적이고 볼테르적이며 반교권적인 부르주아 층을 지칭한다. 하지만 그럼에도 불구하고 이들은 《보바리 부인》에 등장하는 오메와 《앙지보의 제분업자》에 나오는 브리콜랭같이 거만하면서도 교훈을 주는 사람들이다. 베를렌은 자신의 등장인물인 프뤼돔을 풍자하기 위해서 그들을 다시 이용한다. ("그는 중도파이자 식물학자이며 배불뚝이다." 1863)

보수파

집단적인 열광과 공화국으로의 기회주의적인 연합의 짧은 순간이 지난 후, 1848년 봄부터 사회적인 요구 사항들로부터 위협을 받고 있다고 스스로 생각하는 모든 사람들 사이에서 일종의 제휴가 이루어진다. 이 '보수파'는 오를레앙파·정통 왕당파·가톨릭교도들, 그리고 뚜렷한 정치적 견해도 없이 스스로 보수파라고 느끼는 모든 사람들을 끌어모은다. 왜냐하면 이들에게는 지켜야 할 이권이 있었던 까닭이다. 《부바르와 페퀴셰》·《감정 교육》은 이 보수파를 향한 귀족들의 집중 현상을 보여 주고 있다. 정통 왕당파인 파베르주 백작은 샤비뇰의 보수파 우두머리가 되었고, 반면에 파리에서는 과거에 오를레앙파였던 당브뢰즈 살롱이 귀족들을 모으고 있었다. 이들은 사회적 질서와 도덕적 질서, 가정과 대저택, 그리고 가톨릭이라는 종교의 신성화로 일체감을 느끼고 있었다. 메스트르적인 사상이 또다시 성공을 거두고 있었다. 혁명에 대한 증오, 분배를 통한 사회적 불공평을 감소시키려는 일체의 의도를 지칭하는 이름으로서의 '공산주의'에 대한 두려움, 그리고 반(反)의회정치가 여전히 보수파의 특징을 형성하고 있었다. 도덕적 질서의 풍토는 더 이상 딜레마가 없는 경우를 제외하고는 왕정복고의 풍토에 견줄 만했다.

나폴레옹파

나폴레옹 3세의 통치까지 나폴레옹파는 하나의 정당이라기보다는 전설이었다. 왕정복고하에서 나폴레옹파는 자유주의자들이 되었으며, 《여자 낚시꾼》에 등장하는 필리프 브리도와 막생스 질레처럼 절반은 병사이고 절반은 대학 출신인 제정의 장교들로서 과격 왕당파들에 대항해 선동을 통하여 병사용 카페에 활기를 불어넣는다. 7월 왕정하에서 나폴레옹주의와 공화주의는 서로 뒤섞여 있었다. 많은 사람들이 나폴레옹에게서 과거의 위력을 통해 워털루에서 승리한 자유의 병사를 본다. 《레 미제라블》에서 마리우스는 스스로를 민주주의적 나폴레옹파라고 지칭한다. 그러나 위고는 제2제정하에서 그 소설을 썼다. 마리우스 또한 아베세의 친구당을 통해 이러한 연합에 감추어진 모순을 의식하게 된다.

2. 등장인물들의 체계

19세기 프랑스 정치 풍광의 극단적으로 뚜렷한 성격, 투쟁들, 이 사람들에게 때로는 저 사람들에게 권력을 부여하던 역전의 상황들, 이런 것들이 정치적 선택으로부터 등장인물들의 체계의 구조와 그 구조에 연결된 줄거리의 중요한 원칙을 만들어 낸다.

• 《1793년》과 같은 소설에서 주요한 세 등장인물들 사이의 연결은 하나의 정치적 갈등에 의해 결정된다. 위고는 앙시앵레짐과 이중적 모순(랑트나크/시무르댕 ; 랑트나크/고뱅 ; 시무르댕/고뱅)의 대혁명(랑트나크/시무르댕-고뱅)의 대립을 복잡하게 만든 이 세 사람의 변증법적인 움직임을 그려낸다. 앙시앵 레짐에 1793년의 사나운 대혁명이 대립되지만, 그 대립 속에서 대혁명은 똑같이 인간의 부정적인 폭력에 도달한다. 대혁명은 더욱 고귀하고 더욱 인간적인 하나의 혁명, 즉 고뱅이 구현하는 말하자면 공포정치와 공안위원회, 그리고 억압을 거부하는 혁명에 추월당한다. 전통적인 사랑의 이야기가 들어 있지 않은 이 소설은 너무나도 분명히 역사-정치적인 우화를 토대로 해서 구성되었기 때문에, 등장인물들 사이의 연관성이 전적으로 이런 양상을 통해 결정된다는 것이 놀라운 일은 아니라고 말할 수도 있다. 따라서 다른 예들을 들어 보자.

《올빼미당》 역시 세 가지의 대립을 제공한다. 올빼미당의 젊은 우두머리는 공화주의 지휘자인 윌로와 대립한다. 그리고 이 두 사람 모두는 집정 내각의 스파이인 코랑탱과 대립한다. 여기서 변증법은 역사의 움직임에 의해 대체된다. 올빼미 당원과 공화국 병사가 백주에 이루어진 명예의 정치라는 같은 개념에 동참한다. 이들 모두는 코랑탱이 구현하는 새로운 형태의 정치, 즉 인간의 가치를 경멸하는 마키아벨리적인 산술의 정치에 설복된다.

정치적 색채가 훨씬 덜 분명한 소설 《마법에 걸린 여인》을 예로 들자면, 요컨대 바르베가 정치적 대립이 포함된 사랑의 드라마를 배가하고 강화시키고 있음을 알 수 있다. 크루아 쥐강 신부는 특히 광적인 올빼미 당원이다. 그의 사랑에 완전히 사로잡힌 여인의 남편 토마스 르 아르두에는 질투심으로 절망에 빠져 결국은 한창 미사가 진행되는 가운데 그 신부를 살해한다. 이 질투심은 정치적 대립으로 인해 다원적으로 결정된다. 질투심은 소설에서 르 아르두에가 처음으로 등장할 때부터 어렴풋이 그려지고 있을 뿐이다. 알다시피 그는 국유재산을 획득한 사람이다. 그러나 개인적인 갈등이 대립의 관계를 환기시키고, 그 대립은 사랑의 드라마와 정치적 드라마가 결국에는 뒤섞여서 끝날 정도로 완화된 것처럼 보인다:

정말 이상한 일이야! 잔에게 배신당했다고 믿고 있던 이래로, 그 올빼미 당원은 마음속에서 신부로서의 생각을 억누르고 있었지. 그는 복수를 꿈꾸는 여인의 남편보다 더 지독한 공화국 병사파였으니까.

동일한 현상이 조연급 등장인물들에게서도 일어난다. 클로트가 학살되던 그 순간에 푸줏간 주인인 오제는 '돌연 공화국 병사로 되돌아갔다.' 마치 사랑의 음모가 정치적 열정의 부활에 하나의 서곡을 제공하듯이 모든 일이 벌어진다. 그리고 가장 불합리한 사건들이 이 열쇠를 통해 해독될 수 있도록 제공된다. 크루아 쥐강은 클로트에 대한 린치 행위를 공화국 병사들의 범죄로, 그리고 마법을 지닌 목동들을 일종의 하부 프롤레타리아 ——현대적인 경향 못지않게 복고적 경향의 공산주의를 대변하는——로 파악한다. 주지하다시피 정치적 표현의 이러한 제한을 명백하지 않은 하나의 형태로, 폭력적이며 비이성적인 행동으로 해석하는 편이 바람직할지도 모른다.

방금 인용한 경우들에서 갖가지 정치적 대립은 결정적인 역할을 한다. (특기할 수 있는 것으로는 그 정치적 대립들 모두가 대혁명의 행렬의 순간을 가리킨다는 사실이다.) 정치적 대립은 또 다른 열정과 또 다른 이해 관계하에서 마지막 순간에 발견된다. 다른 경우로 소설들은 오히려 어떻게 정치적 대립이 또 다른 성격의 갈등에 형태를 부여하게 되는지를 보여 주고 있다. 정치적 대립은 경쟁하는 두 가지 이해 관계 사이에서 인위적인 차이를 창조하지만, 한편으로는 동일한 체계를 적용하여 《적과 흑》에서처럼 정통 왕당파인 레날과 자유주의자인 발레노 사이의 대립을 창조하기도 한다.

그룹과 작은 무리, 파벌들을 형성하는 이러한 정치적 대립은 특히 19세기 소설의 조연급 등장인물들의 중요한 수치를 구성하는 데 도움이 된다.

• 주인공(혹은 여러 개의 마디로 이루어진 하나의 음모 속에서 매우 중요한 역할을 하는)은 종종 우리가 작성하고자 시도했던 정치적 유형에서 벗어난다. 분명한 정치적 소속은 조연급 등장인물

들을 통해서 경련으로 마비되어 전혀 움직이지 못하고, 한 그룹으로 소속될 수밖에 없는 정치적 견해의 풍자화에 상당히 빈번하게 할당되는 것처럼 보인다. 또 다른 경우는 정말로 두드러진 정치적 견해가 자신의 이상에 너무나도 열중해 있는 한 인물을 규정한다. 그 인물은 앙졸라처럼 자신의 이상을 실현시키는 데 너무나도 열중해서 소설적이라기보다는 서사시적인 차원(단지 일차원적인 인물)을 지니는 인물이다. 반대로 여러 주요 소설들에 등장하는 영웅은 기존의 어떤 정당들에도 완전히 통합되지는 않지만, 이 정당에서 저 정당으로 옮겨가고, 이러한 이동이 부분적으로 소설의 줄거리와 등장인물의 성격을 구성한다.

정치적 차원이 완전히 19세기의 교육 소설에 포함되어 등장인물의 형성에 있어서 주요한 경험들 중 하나가 된다는 사실을 확인해 보자. 외젠 프로망탱의 〈도미니크〉에서 정치는 이중으로 교육의 일부를 이룬다. 도미니크의 스승 오귀스탱은 말년에 이르러 제2제정하에서 저명한 정치인이 되기 이전에, 어느 유명 정치가의 비서가 된다. 도미니크는 두 권의 정치 서적을 저술하면서 가장 성공적인 활동의 순간이 도래했음을 깨닫는다. 그것은 자신의 운명의 축을 이루는 중요한 순간이자 최후의 시련이다. 그 시련을 통해 그는 스스로를 '품위 있고 평범한' 사람이라고 생각한다. 시련이 끝나자 그는 야망을 포기하면서 자신을 되돌아보고 영지로 돌아가 버린다. 이렇듯 정치란 또한 자기 자신이 무엇인지를 판단할 수 있는 무엇이기 때문이다.

영웅의 교육이 가장 분명하게 정치적 발전임을 드러낸 것은 아마도 《레 미제라블》에서일 것이다. 마리우스라는 인물은 황당한 사람이 되어야 할 이유가 거의 없다. 그가 할아버지이자 무서우리만치 보수적 경향을 지닌 늙은 질르노르망 경에 의해 양육

되었음을 상기해야 한다. 이어 제정의 연대장이던 아버지를 찾은 그는 나폴레옹의 이야기에 관심을 쏟고서(순전히 감동적인 여러 이유들로 자극을 받았다) 나폴레옹주의자가 된다. 그는 의식의 발전을 통해 왕정복고 시대 살롱의 빈약함으로부터 명예·조국·관대함, 그리고 위대함의 사상으로 이행해 간다. 이어 아베세의 친구당을 만나면서 그는 공화주의적 이상으로 개종한다. (이번에는 이성적이며 단계적인 결정이 감동에 의한 결정을 압도한다.) 그러나 그는 늘상 아베세의 친구당과 거리를 두는 입장을 보인다. 마리우스는 개방된 의식의 상태로 머무르며, 앙졸라 그룹에는 가담하지 않는다:

> 엄밀히 말하자면 그에게는 더 이상 개인적 신조가 없었다. 그에게는 연민의 감정이 있었다. 그는 무슨 당 출신이었을까? 인류당이었다. 인류 속에서 그는 프랑스를 택하곤 했다. 국가 속에서 그는 국민을 택하곤 했다. 국민 속에서 그는 여자를 택하곤 했다. 그의 동정심은 특히 그것을 지향하고 있었다.

교육 소설은 더욱 두드러진 방식으로 주인공의 정치적 변천을 알려 주는 줄거리를 만들어 낸다. 에르크만과 샤트리앙의 《찬성표 7백50만 표 중 1표가 말하는 국민투표의 역사》(1872)는 당시의 정권에 맹목적인 믿음을 보이면서 1870년 국민투표에서 찬성표를 던진 부유한 알자스 제분업자의 정치적 의식의 각성을 보여 주고 있다.

등장인물의 정당들로의 이동은 항상 의식의 발전 곡선과 일치하지는 않는다. 스탕달의 경우, 주인공은 어떠한 순간에도 한 정당 속에서 정박 지점을, 긍정적인 모델을 발견할 수 없다. 그럼에도 불구하고 주인공은 정치에 무관심하지도 않으며, 심지어 정치적 소신이 없는 것도 아니다. 뤼시앵 뢰뱅은 위대한 사상들, 즉 자신의 행복에 앞서 스쳐 지나가는 모든 사람들의 행복에 대한 사상과 개인적 가치에 대한 사상을 좋아하고 있으므로 스스로를 공화주의자라고 생각한다. 그러나 그의 공화주의적 이상은 고티에의 미국의 민주주의에 대한 찬양과는 상반되는 것이다. 아름다운 것과 위대한 것을 사랑하고, 초라함이나 평범함을 증오함으로써 그는 상류 사회와 가까워진다. 그러나 정통 왕당파는 그에게 정치적인 초라함과 공포(사람들 모두는 1793년의 혁명이 또다시 일어나지나 않을까 두려워서 다시 도망갈 준비를 한다)의 이미지 그 자체를 제공한다. 그는 모든 정당의 외부에 있다. 7월 왕정의 사회에서는 자신의 정치적 열망에 부응하는 정당이 존재하지 않았던 것이다. 《감정 교육》에서 프레데릭——그 역시 다양한 사회, 즉 공화주의자들(아르누)과 사회주의자들(세네칼), 오를레앙파와 이어 반동파(당브뢰즈) 사회를 떠돌아다녔다——의 탈정치화는 서로 반목하고 있던 정당들의 어리석은 행동 때문에 1848년 6월 이후의 많은 지식인들이 정당을 선택해야 할 필요성을 느끼지 못하고 있음을 보여 주고 있다.

3. 사랑과 운명

• 정치적 열정과 사랑의 열정이 빈번히 간섭하기 시작한다. 여기에서 두 연인 사이를 갈라 놓는 장애물에 대한 거의 전통적인 책략(몽테귀/카퓔레의 모델)을 찾아볼 수 있다. 정치적인 대립과 노여움, 그리고 그 노여움이 촉발하는 낯선 감정이 사랑의 이야

기의 출발점에 놓여 있는 경우가 허다하고, 그것은 또한 사실이다. 예를 들면 공화주의자인 뤼시앵 뢰뱅은 '시골의 보잘것없는 과격 왕당파 여성'이나 혹은 공화주의 첩자인 마리 드 베르뇌유와 사랑에 빠지고, 올빼미당의 우두머리인 몽토랑에게 마음을 빼앗기기도 한다. 그러나 감정 속에 정치가 연루되는 것은 단순히 사랑이 모든 장애물을 타파한다는 것을 보여 주는 방식은 아니다.

뤼시앵 뢰뱅은 우선 '가엾고도 연약한 영혼'의 징표로서의 열정을 프랑스 젊은이들이 추구하는 '커다란 이해 관계'와 대립시킨다. 젊은이들에게 있어서 사랑은 조국에 대해 그들이 느끼는 커다란 의무와는 모순된 것처럼 보인다. 그럼에도 불구하고 젊은이들의 담론은 사랑 속에서만 그 크기와 진실성을 나타낼 수 있는 바로 그러한 정치적 상황을 고발한다. 사랑이란 정치적 열망과는 상반되는 것이며, 동시에 이러한 열망을 대체할 수 있는 유일한 것을 나타낸다.

사랑과 정치는 감정적 현상과 에너지·열정을 동원한다. 왜냐하면 사랑과 정치는 인간의 진실성과 실현, 그리고 어쨌든 실현되고자 하는 인간의 열망에 가까이 있기 때문이다. 정치인들, 즉 낭시의 우스꽝스런 정통 왕당파처럼 정치를 하거나 산술(算術)의 정치(코랑탱)를 하는 사람들은 사랑하는 사람들과 대립한다. 피에르 바르베리가 《올빼미당》에서 말한 바와 같이, 몽토랑과 마리는 정치에 기존의 정당들(이것이 반드시 기본적인 선택을 의미하지는 않는다)의 확장과 동일한 또 다른 확장을 부여한다 해도 같은 진영에 속해 있다. 사랑의 이야기는 원래 모습대로의 정치가 진정한 문제들을 제기하지 않는 세계에서의 근본적인 분할을 표현한다. 한편에는 자신들의 (사랑이나 정치적인) 계획에 전적으로 몰두하는 사람들이 있는가 하면, 또 다른 한편에는 자신들의 이익에 관심을 기울이는 사람들도 있다.

• 문학은 정치적 범위와 부르주아 사회가 만들어 내는 경향이 있는 사생활 사이의 분할을 재검토한다. 발자크는 《결혼의 생리학》에서 국왕(남편)과 국민(아내) 사이의 관계 도치처럼, 정치적 유행에 입각한 혼인 관계를 다룬다. 남편에게 요구되는 것은 국왕이 정당하게 자유를 요구하는 국민을 기만하기 위해 채택해야 하는 정치이다:

가장 위험성이 적고 가장 수익성이 좋은 코미디를 위한 코미디는 영국과 프랑스가 연기하는 코미디이다. 영국과 프랑스라는 이 두 정당은 국민들에게 이렇게 말했다: "너는 자유롭다!" 그리하여 국민은 흡족해했다. 국민은 통일성에 가치를 부여하는 다수의 제로로서 통치를 받는다. 그러나 국민은 몸을 움직이고 싶어한다. 본토에서 자신의 섬의 군주가 된 시종이 식사를 하고자 애쓸 때, 국민과 함께 산초의 저녁 식사의 드라마가 다시 시작된다. 그래서 우리네 다른 인간들은 가정 생활 한복판에서 벌어지는 이 놀라운 광경을 모방해야 한다.

우스꽝스런 어조의 차원을 넘어서서 발자크는, 19세기 부부 사이에서의 여성의 상황과 혁명 후 사회에서의 국민의 상황 사이에 놓여진 하나의 평행선을 분명히 암시한다. 이 두 가지 경우 모두가 권리의 지상권을 인정하면서도 그러나 일종의 예속화 상태가 팽배해지도록 하는 거짓의 전략과 관계가 있다. 사랑은 없지만 두 사람 사이의 관계에 기만과 소외를 토대로 성립되는

(산술적 의미에서의) 정치가 있는 것이다.

• 등장인물들이 사랑에 빠지는 순간, 즉 대개 하나의 사건 혹은 정치적 의식의 획득에 일치하는 순간을 유심히 살펴보아야 한다. 《골짜기의 백합》에서 모르소 부인에 대한 펠릭스의 사랑은 앙굴렘 공작의 귀환을 축하하기 위해 개최된 무도회에서 싹트기 시작한다. 분명한 방식으로 발자크는 왕정복고와 개인의 성숙을 일치시킨다. 펠릭스의 불행한 유년 시절은 아주 뚜렷이 정치적 시스템과 연결되어 있다. 모성애의 결핍과 중학교에서의 폐쇄적인 생활은 숨막힐 듯 독재적인 체제로서, 그 내부에서 여실히 체험한 바 있는 제정이라는 분위기와 일치한다. 왕정복고는 곧 자유이며, 따라서 사랑이라는 자아의 이러한 확장 속에서의 개인적인 성숙의 가능성을 의미한다. 반대로, 사랑이라는 오페라 글라스를 통해 비쳐지는 이 왕정복고, 펠릭스의 정치 활동에 관한 이야기의 생략은 정치적 성취의 가공적인 성격을 보여 주고 그것의 실패를 말해 준다. 《30년대의 여성》에서 샤를 드 방드네스가 쥘리를 만났을 때, 그는 레바슈의 의회로 떠날 준비를 한다. 그 의회는 나폴레옹파의 혁명운동을 깨부수기로 되어 있던 곳이었다. 그런데 쥘리와 열정적으로 사랑에 빠짐으로써 샤를은 그 의회로 출발하지 못한다. 사랑에 빠진다는 것, 그것은 또한 백성에 대한 억압을 지향하는 늙은이들의 정치와 관계를 단절하는 것을 의미한다.

《레 미제라블》에서 마리우스가 공화주의 사상으로 개종하는 모습은 보이지 않는다. 공화주의 사상이 불러일으키는 떨림은 가난을 체험함으로써 중단되고, 이어서 사랑이 등장한다. 그것은 그의 정치적 발전의 연장이며, 동시에 그는 정치와의 기묘한 게임에 돌입한다. 마리우스를 적극적인 정치로부터 벗어나게 하는 것은 사랑이다. 순수한 앙가주망을 구현하는 등장인물 앙졸라는 '자유의 대리석상을 사랑하는' 것으로 만족해한다. 그럼에도 불구하고 마리우스를 반란으로 이끌고 가는 것은 사랑이며, 그를 구원하는 것도 사랑이다. 이런 감정은 정치의 일종의 확장으로서 보여지며, 그는 단지 그 정치의 이상을 간직하고 있을 뿐이다. 사랑은 물론 행위에 대한 부차적이며 실현되지 않은, 나아가 손상된 형태이긴 하지만 미래를 위해 더욱 정당한 정치의 싹을 보존할 수 있는 유일한 형태일 수도 있다. 왜냐하면 사랑은 사람들 사이의 관계에서 진실성을 유지하고 있기 때문이다.

• 따라서 소설의 세계는 정치적 열광의 불가능성 혹은 손상이라는 시각 속에서 그 정치적 열광으로 대체되는 열정을 보여 준다. 역으로 말하자면, 정치의 봉쇄는 사랑을 실패와 미완성에 이르게 한다. 스탕달은 뤼시앵과 마틸드가 위선의 세계에서 결합할 수 없었던 까닭에 《뤼시앵 뢰뱅》의 해피 엔드를 쓸 수 없었다. 프레데릭 모로는 2월 혁명의 환상의 처참한 모순을 깨닫게 되는 시점인 1848년 6월에 로자네트와 허망한 사랑을 경험할 뿐이다.

공간과 시간성

1. 공간의 정치화

정치적 현상

• 혁명 후의 프랑스에서 공간은 그 이전에 가지지 못했던 정치적 의미로 채워진다. 이것은 역사적인 여러 요인들에서 기인한다. 한편으로 대혁명은 국가의 통치권을 정당한 것으로 인정했고, 신권이라는 국왕의 이미지와 통치권에 대항하여 국가의 통치권에 대한 다양한 상징들을 출현시켰다. 그런데 영토는 국가를 구성하는 한 요소이자 국가를 표현하고 생존케 하는 구성 요소들 중의 하나이다. 혁명론자들은 귀환 귀족들의 도움을 빌려 침략을 기도하는 외국 군대들에 대항해 국가의 영토를 방어했다. 프랑스는 정치적으로 그렇게 기록된다. 국가 영토 재정비, 행정 체제의 분할의 변화, 통일과 균질화에 대한 노력으로 프랑스는 가히 혁명적인 사건과 깊숙이 결부된다. 그것은 새로운 지리적 범위가 형성된 것으로서, 각 도(道)로 이루어진 이 프랑스에서 행정적 권한의 분할이 도시의 망(網)을 새롭게 그려내고 있었던 것이다.

• 중앙집권을 강조하는 대혁명과 제정은 또한 파리와 나머지 프랑스 사이의 불균형을 심화시킨다. 중앙집권주의는 우파가 한결같이 지방분권에 호의적이었던 까닭에 19세기 동안 줄곧 논쟁의 대상이 된다. 정부 차원의 최고 기관들이 파리에 다시 위치함으로써 파리는 정치의 장소 그 자체가 된다. 1830년과 1848년 혁명은 파리에서 발생했고, 코뮌 역시 파리에서 일어났으며, 이것들이 지방과 파리 사이의 정치적인 분리를 극명하게 만들었다. 지방은 국가 정책에 참여하면서 대다수가 보수적인 입장을 선택한다. (주지하다시피 지역적인 차이에도 불구하고.) 중앙집권은 정치가 지방에서는 흔히 지역적인 문제로 축소되도록 만듦으로써 가장 극단적인 염세론자들은 부엌에서나 정치에 대한 개인적인 관심사를 논할 정도였다.

• 정치는 대혁명을 기점으로 유럽적인 규모를 보여 준다. 대혁명과 제정의 전쟁은 프랑스의 정치적 논쟁들을 국경 너머로까지 가져다 놓는다. 정치는 1792년부터 1815년까지 유럽의 차원에서만 존속할 뿐이었다. 그리고 제정 이후에도 다양한 역학 관계를 통해 이 통로는 끈질기게 존속한다. 빈 의회는 1814-15년에 유럽 전체의 운명을 결정하는데, 각국의 열망을 무시한 채 문제를 해결하려 들면서, 예를 들면 라인 강의 좌안과 같이 영토 분할에 관해 보이지 않는 갈등을 키워나간다. 프랑스의 쇠락과 보수적 군주제에 대한 복종, 그리고 국적법에 대한 부정을 확립한 1815년 조약의 개정 문제는 왕정복고하의 자유주의자들과 7월 왕정의 야당에 두려움을 가져다 주고, 부분적으로는 나폴레옹 3세의 대외 정책을 결정한다.

1814년 신성동맹의 창립은 절대군주제가 유럽 대륙 전역을 영원히 지배할 수 있도록 하기 위함이었다. 그것은 유럽 각국의 내정 문제들에 대한 간섭 원칙을 제기한다. 이러한 원칙을 내세워 프랑스는 페르난도 7세를 다시 왕좌에 복위시키기 위해 1823년 스페인의 내정에 개입한다. 역으로 말해서 19세기의 프랑스인들의 대외 정책에 대한 관심에는 국가라는 의식이 작용하고 있었던 것이다. 그리하여 국가——사람들이 그 권리를 조롱하는——를 위한 여론의 변화가 이루어지고 있었다. 왕정복고하에서 그리스 독립을 지원하는 여론의 추이가 터키에 대항하여 전쟁중인 그리스인들 편이 되었다. 7월 왕정하에서 프랑스의 여론을 움직인 것은 러시아와 오스트리아의 속박으로부터 제각기 벗어나고자 애쓰는 폴란드와 이탈리아의 운명이었다. 게다가 프랑스에서의 혁명은 외국에 반향을 일으켰다. 1830년 혁명은 (네덜란드의 지배에 대항하는) 벨기에와 폴란드에서의 봉기를 촉발한다. 1848년 혁명은 러시아인들과 오스트리아인들의 점령에 대항하여 중부 유럽의 여러 나라와 이탈리아에서 무수한 반란을 초래한다. 바야흐로 '민중들의 봄'이었던 것이다.

제2제정하에서 대외 정책은 내정에도 영향을 미친다. 이탈리아를 해방시켜 연방의 틀에 따라 재구성하도록 피에몬테를 돕기 위한 나폴레옹 3세의 이탈리아에 대한 개입은 성직자들이 제정에서 멀어지도록 하는 결과를 가져온다. 성직자들이 제정하에서 교황령에 대한 위협을 느끼고 있었기 때문이다. 멕시코 원정(1861-67)은 6천 명의 인원과 막대한 재정적 손실을 가져왔다고 야당의 자유주의자들로부터 가혹한 비난을 받았다.

• 산업혁명이 공간의 이러한 정치화에 있어서 하나의 역할을 수행한다. 공산품을 위한 시장의 문제가 점점 더 중요한 일이

되어감으로써 자유무역이나 보호무역주의의 문제가 정치의 중요한 국면이 되었다. 아주 온건한 7월 왕정하에서는 이 문제를 중심으로 영국과의 관계가 설정되고 있었다.

산업혁명은 또한 도시에 거주하는 주민들과 연관된 공간을 변화시킨다. 산업혁명은 생활 양식의 차이를 강조하면서 농촌 주민들과 도시 주민들 사이의 구분을 두드러지게 한다. 따라서 도시의 노동자들과 농촌의 주민들은 항상 판이한 정신 상태를 가진다. 그들의 정신 상태는 특히 도시를 혁명의 발생지로 만들고 반면에 농촌은 대다수가 보수적인 상태로 남아 있는 그들의 정치적 태도로 표명되고 있다.

문학 속으로의 공간의 등장

• 따라서 19세기 문학 텍스트 속에서의 공간의 등장은 대단히 빈번할 정도로 정치적인 의미를 띤다. 발자크가 면 · 군 · 도의 서열이 어떻게 각 단계에 적합한 사회적 엘리트와 상관성의 관계를 만들어 내는가를 보여 주면서, 혁명으로 인해 시작된 지리적 · 행정적 망(網)에 대한 서술적인 가능성을 완전히 개척하고 있는 반면에, 바르베 도르비이는 이러한 구성을 전적으로 무시한다. 그가 본 노르망디는 다른 나라에 속하는 것처럼 보인다. 줄곧 등장인물들의 의식을 사로잡으면서 그들의 생활 양식을 결정하는 지리적인 통일성이 더욱 복고적인 서부 지방에 속하는 것처럼 보이기 때문이다. 이는 새로운 프랑스의 지리에 대한 거부를 의미하는 것으로서, 그 결과 비롯된 정치 시스템의 거부를 표현한다.

• 작가들의 지리적 선택은 대개 그들이 거부하거나, 혹은 그들이 취하는 것을 통해 의미를 갖는다. 《파름의 수도원》의 무대를 이탈리아로 삼은 것은, 이를테면 프랑스라는 지역의 범위를 포기하는 것에 견줄 만한 것으로 해석될 것이다. 스탕달은 돈이 지배하는 모든 정치적 삶과 정부의 부패를 격렬하게 고발하면서 프랑스의 정치적 현황을 알리는 《뤼시앵 뢰뱅》의 완성을 포기한다. 공화국의 도시들——스탕달은 그의 《이탈리아 연대기》에서 그 도시들을 회상한다——로 구성된 르네상스의 요람으로서 이탈리아는 하나의 범위를 제공하는데, 그 범위 속에서 우리는 돈이나 혹은 그와 비슷한 것으로 인해서도 치유될 수 없을 정도로 부패하지는 않은 정치적인 도박을 상정해 볼 수 있다. 이따금 지리적 선택은 심지어 직접적인 논쟁거리가 되기도 한다. 우리는 1810년에 스탈 부인이 한 작품을 독일에 할당했을 때의 그녀의 선택에 대해 언급한 바 있다. 샤토브리앙은 《파리에서 예루살렘까지의 여정》에서 일종의 볼 만한 유배지를 등장시킨다. 그는 제정의 무덤이자 정복자들의 '메맹토모리'인 지중해 유역의 지도를 나폴레옹의 대제국의 지도로 대체한다. 그밖에도 그는 터키 제국을 통해 외국의 압제와 점령에 관한 몇몇 건전한 숙고를 행할 수 있었다.

• 19세기에 그 수효가 증가하던 여행담은 문학의 지정학적 시각에 대한 관심을 보여 준다. 여행자가 갖가지 사물을 높은 곳으로부터 개략적으로 파악할 수 있듯이 문학 또한 진정한 정치의 무대, 주요한 정치가 벌어지는 높은 무대로서 이 여행담들에 등장한다. 위고는 1845년 《라인 강》에서 30년 전의 샤토브리앙처럼 제정의 사상과 그 사상이 지탱하는 정치 원칙(국적의 불인

정과 개인적 자유에 대한 비존중, 제정은 항상 권위적이고 절대적인 힘의 장소였기 때문에)에 반대하며, 자유로 가득 찬 조화롭고 민주적이고 전체적인 하나의 공간, 즉 하나의 유럽 연합을 옹호한다. 이러한 정치적 대(大)지리는 작가가 정치를 표현하는 장소이다. 반대로 소설 공간의 제한된 국지화는 주요 정치를 지역적인 관심이나 사회적인 관심으로 분명히 격하시키는 분할의 인식과 어깨를 나란히 한다.

지방을 관찰해 보면 중산 계층의 범속한 정치로 간주되는 민주주의로 향하는 사회의 자발적 진보를 분명히 확인할 수 있다. 스탕달의 경우, 《어느 여행자의 회상》에 등장하는 화자는 도로들의 노선을 보면서 지역적 이해 관계의 끔찍한 영향력을 확인한다: "벌써 우리는 어쩔 수 없이 가장 불합리한 사람들이 살고 있는 지역을 거쳐 아메리카에 와 있다." 여행자는 국가적 차원에서의 현실성의 부재를 고발하는 관습과 사건들에 새겨진 변화를 발견한다. 더 이상 공공의 복지라는 이름으로 행해지지 않는 정치의 파산을 통해서 사회는 합의에 의한 계획들이 역사의 대리인이 되려는 인간의 의지를 보여 주지 않는 한, 자연스런 발전을 포기하는 것처럼 보여진다. 여행자의 눈으로 볼 때 풍광은 한 세기의 발전 속에서 이러한 자연발생적 변화를 말해 준다. 소설에서 공간을 의도적으로 강하게 관리하려는 것은 역으로 사회의 변화와 결부된 자연스럽고도 끔찍한 경향을 전적으로 거부하는 하나의 정치적 의지와 계획으로 보일 수도 있다. 발자크의 《시골 의사》와 《마을의 사제》에 등장하는 유토피아는 영지와 촌락들이라는 세부적으로 묘사된 구획 정리에 이러한 의미를 부여한다.

• 국가의 범위에서 소설의 공간은 자신의 정치적 의미에 변화

를 주기 위해서 수도와 도(道), 그리고 시골이라는 삼분법을 사용한다. 파리는 《1793년》에서 시무르댕과 랑트나크라는 반대파를 이중으로 만들어 놓으면서 반계몽주의적인 서부 지역과 함께 두 가지 기능을 하는 혁명 도시로 등장한다. 그 수도는 비니의 〈파리〉와 위고의 〈개선문에서〉라는 작품이 찬양하는, 진보의 불타오르는 도가니이다. 파리에서는 정치 체제가 어떤 것이든, 여론의 횡포와 지방 도시들에서의 행정 권력에 반대하는 일종의 자유가 관습적으로 퍼져 있다.

파리는 하나의 공화국이다. 그날 그날 힘들게 연명하면서 아무것도 바라지 않는 사람은 결코 정부를 만나지 못한다. 우리들 중 감히 어느 누가 도지사의 성격에 대해 캐묻겠는가? (《어느 여행자의 회상》)

1848년 6월 이후 파리의 이미지는 변한다. 수도는 더 이상 혁명을 구현하지 않으며, 많은 작가들은 파리에 혐오감을 느끼거나 경멸하기 시작한다. 이러한 혐오감이나 경멸은 오스만적인 변화를 통해 더욱더 악화일로를 걷는다. 파리는 주식시장에 의해 지배되고 제정의 축제가 벌어지는 무대와 다를 바 없다. 그 대도시 내부에서조차도 노동자와 부르주아 구역이 대립하는 사회적·정치적 분리가 나타난다. 1848년 6월은 도시의 지형도가 두 부분——한쪽은 길거리의 조명으로 눈부신 우아한 파리와 또 다른 한쪽은 폭격을 당해 시체로 늘비한 동부 구역——으로 분리되는 것을 보여 준다.

시골 지역은 종종 정치 사상의 한계를 분명히 드러내는 데 사용된다. 시골 지역은 정치 사상이 소수 주민들에게만 해당되고 지역의 대다수 대중들에게는 도달하지 못한다는 사실을 보여 준다. 《1793년》에서 서부 지역 빈곤층들의 정치적 무관심——이는 상당 부분 자신의 군대를 은밀히 유지하려는 데 혈안이 되어 있던 귀족층의 전략의 결과이기도 하다——은 또한 빈곤의 현상과 직접적으로 다시 결부된다. 바로 거기에서 시골은 실패의 흔적을 간직하고 있는 정치에 집착한다. 바르베의 경우 시골 주민들의 정치적 무관심은 양면성을 지닌다. 그들의 정치적 무관심은 한편으로는 정치적 개혁을 도모하는 사람들의 주지주의를 비난하면서도 동시에 바르베가 민주주의의 결과로 파악하는 대중적인 것에 대한 엉뚱한 무관심을 드러내 주기도 한다.

19세기 후반부에 들어서서 고향이라든가 지방, 그리고 좁은 지역을 무대로 하는 소설가들과 대도시나 혹은 국가적 차원의 공간을 무대로 하는 소설가들 사이에 대립이 형성된다. 고향에 정착한 작가들과 고향을 떠난 작가들 사이의 이러한 대립은 두 가지 상이한 정치적 감수성을 포함한다. 지역적인 특성과 폐쇄적인 작은 사회, 인간과 자연환경의 공존을 묘사하는 것을 즐기는 작가들은 일반적으로 우파의 정치적 견해, 혹은 더 나아가 반동적인 정치적 견해(바레스·바르베)를 지닌다. 반면에 국가적인 구조를 통해 신경이 분포된 지리적 공간 속에서 자신의 등장인물을 전개하는 소설가들은 현대 세계에 대한 분명한 확신에 동의한다.

19세기 문학 속에서의 공간의 표현은 자신의 고향에 정착한 작가들과 모든 관심사와 경향으로 뒤얽힌 정치에 대한 인식을 강조한다. 그것은 정치적 견해를 결정하는 사회적·역사적·경제적·지리적 요소들에 대한 섬세한 인식을 증명한다. 공간의 이러한 정치화는 풍경 속으로까지 스며든다. 그 이유는 풍경이 항상 시선 속에 포착되어 있으며, 동시에 인간의 변화무쌍한 행위를 증명하고, 사회의 조직과 정치적 모델을 표현하기 때문이다. 중산 계급에 의한 정치의 선진화와 그 정치가 효력을 미치는 평준화는 풍경의 파괴로, 예술과 미에 대한 비난으로 나타난다. 스탕달은 반복적으로 자연이 자유 상태로 그리고 원래의 상태로 놓여 있는 진정한 풍경들을 자연에 대한 탐욕스런 개척과 토지에 대한 끊임없는 근심을 반영하는 장소들과 대립시킨다. 베리에르에서 모든 정원은 벽들에 둘러싸여 있다. 《마법에 걸린 여인》에서 바르베는 정치적 영향력을 은폐하지 않는 경작된 전원 속의 미개척 토지인 황야를 찬양한다. '경작'이란 단어의 두 가지 의미를 원용하면서 그는 황야를 황무지 상태에 놓인 인간의 정신과 복고주의, 그리고 반(反)이성주의의 상징으로 만든다. 그는 '전속력으로 질주하는 모든 인간 능력의 발전 시스템'(민주주의)에 항거하는 방랑의 기사임을 자처한다.

2. 시간의 정치화

역사와 정치

• 19세기의 역사와 정치는 너무나도 긴밀하게 연결되어 있어서 혼동되는 경향이 있다. 그 주요 원인은 아마도 19세기의 정치적인 태도라든가 논쟁, 정국의 급변이 프랑스 대혁명이라는 동일한 사건과 뒤얽혀 있다는 사실에서 근거하는 듯하다. 프랑스 대혁명이 부과하는 심오하지만 그럼에도 불구하고 되돌릴 수 없는

불가역성에 대한 감정은 전진과 후퇴라는 용어——혁명 행위에 대한 반복과 연장의 순간(1830·1848)과 옛 질서를 향한 후퇴의 순간(1815·1851)——로 19세기의 발전에 대한 이해와 공존한다.

프랑스 대혁명은 19세기의 주요한 정치적 분열을 고착시킨다. 각 정당의 주된 노선은 과격 왕당파와 보수파에 대한 총체적인 거부로부터 좌파 정당들의 혁명을 다시 되살리려는 욕구로 이행해 가면서 대혁명에 관한 특정한 입장을 취하는 것이었다. 심지어 사회주의자들——이들의 사상은 가장 근대적이며 (산업화라는) 새로운 시대에 가장 잘 부합하는 것으로 보일 수 있었다——까지도 1789년의 혁명처럼 오로지 정치적인 것과는 판이한 혁명에 관한 자신들의 사상을 수립한다. 프랑스 대혁명의 내부적 분열은 1848년에 공화주의자들의 분열의 원인이 된다. 한편으로는 라마르틴과 같이 지롱드당의 전통을 내세우는 공화주의자들이 있는가 하면, 또 다른 한편으로는 산악당의 전통을 원용하는 민주-사회주의자들이 있었던 것이다.

• 나아가 역사는 무수한 정치적 사건들을 결정한다. 1793년의 공포는 유산자 계급과 우익 인사들을 고무시킨다. 그리고 대규모 군중 시위가 각 행정 기관들을 위협하고 있었음에도 그 기관들의 저항이 없었음을 설명해 준다. 1848년 혁명은 제1공화국의 부활로써 존속한다. 반대자들 편에서 이 끔찍한 추억은 그들이 대규모적으로 공화국에 가담했음을 설명해 줄 수 있다. 임시정부가 즉각적으로 취한 몇몇 결정은 불쾌한 추억들을 쫓아내면서 사람들을 안심시키려는 욕구에 의해 정당화된다. 정치 분야에서의 사형 제도 폐지는 또 다른 새로운 공포정치에 대한 두려움을 제거하고, 혁명을 일으킨 프랑스의 호전적인 신정책으로 주

변 국가들이 느낄 수 있는 불안감을 불식시키고자 함이었다. 다양한 방식으로 이루어진 과거와 정치의 이러한 연결은 19세기의 모든 정치 체제의 경우에 해당되는 틀림없는 사실이다. 말하자면 제2제정은 제1제정의 추억들을 사용하고, 왕정복고는 그 명칭이 말해 주듯 과거로의 복귀를 원한다. 이 각각의 체제는 과거와의 관계 위에 나름대로의 적법성을 세우려 골몰하는 것이다.

따라서 역사는 권력을 굳건히 하고, 자신의 주위로 합의를 이끌어 낼 수 있는 하나의 수단으로서 등장한다. 7월 왕정이 하고자 애쓰던 것이 바로 그것이었다. 이렇다 할 중요한 정통성을 갖추지 못한 루이 필리프는 국가의 과거 전체와 합의를 이루려고 무던히도 애썼다. 그는 모든 사람에게 적용되는 국가의 명예를 들먹이면서 앙시앵레짐과 공화국 · 제정의 지지자들 사이의 분열을 극복할 수 있는 사람이라고 스스로를 내세웠다. 이런 목적으로 그는 역사와 역사적 관습의 발전을 조장했던 것이다.

• 역사는 정치적 담론의 자양분이다. 예를 들면 1848년에 국기의 선택을 놓고 벌어진 논쟁(붉은색 국기를 택할 것인가, 혹은 삼색 국기를 택할 것인가의 논쟁)에서 역사는 라마르틴에게 결정적인 논거(대혁명과 제정의 전쟁들에 대한 찬양)를 제공한다. 19세기의 정치적 논쟁에 있어서 프랑스의 과거를 참조하는 행위는 18세기의 정치적 논증에 폭넓게 토대를 두고 있던 외국의 사례들과는 비교할 수 없을 정도로 중요한 역할을 한다. 언급해야 할 것은, 상이한 정치 체제들이 연속적으로 들어섬으로써 프랑스는 수많은 형태의 정부를 경험할 수 있었다는 것이다.

혁명은 기본적인 단절을 형성하지만, 19세기 또한 위기들로 점철되어 있다: 1815년과 7월 혁명, 1848년 혁명, 1851년의 쿠데타, 1870년 보불 전쟁의 패배, 그리고 파리 코뮌은 정치 체제의 변동과 일치한다. 말하자면 역사적 연대표와 정치적 연대표가 완전히 겹쳐진다는 것이다. 변화는 거칠고도 예기치 않은 단절로 강조된다. 변화에는 개인의 변화와 이전 체제의 지지자들에 반항하는 여러 수단의 변화, 그리고 새 체제의 수립 이전과 이후의 정치적 풍토의 변화가 동반된다. 이러한 단절들 중 몇몇은 상당히 중요한 의미를 지닌다. 프랑스의 정치적 삶에 있어서 1848년은 프랑스에서 군주제가 종말을 고하고 보통선거 제도가 확립되었다는 점에서 1789년 못지 않게 중요한 일자로 간주된다. 결국 이러한 상처는 때때로 정치가 부추기는 감정에 영향을 미치고, 바로 그러한 사회적 카테고리가 정치에 관련되어 있다고 느끼는 방식에 영향을 미친다. 1830년과 1848년은 정치에 대한 강한 환멸의 시기로 기록된다.

이제 역사적 교훈이라는 의미에서의 역사는 또한 전적으로 정치와 복잡하게 뒤얽혀 있다. 우선 역사는 반혁명파의 논거로 사용된다. 프랑스 대혁명은 과거를 휩쓸어 내면서, 시간의 흐름에 따라 정당화되고 있었던 옛 사회의 불합리와 부조리를 이성과 자연법에 기초한 사회로 대체하고자 한다. 반혁명파에 대항하는 사상가들, 즉 드 메스트르·보날·뷔르케는 반대로 전통적 가치를 혁신의 오만함에 대립시킨다. 사회를 지배하는 법은 시간의 산물이지 어떤 입법권자의 임의적 결정은 아니다. 이것이 의미하는 바는 법이란 한 종족의 특성에 깊숙이 부합하는 것이며, 그 종족의 성숙은 인간이라는 주체가 없이 이루어지는 과정으로서 신의 의지와 일치한다는 것이다. 전통은 법률이 역사를 만들어 가는 인간의 능력을 반박하는 데 사용하는 논거이다. 왕정복고하에서 1820년 이후 자유주의 지식인들은 자신들의 정치적 논거에 역사를 도입한다. 그들은 역사에 국민과 국가의 중요한 역할을 보여 줄 것을 요청한다. 프랑스 역사는 군주들에 의해서라기보다는 오히려 이 집단적인 실체적 존재에 의해 이루어졌다. 오귀스탱 티에리는 《프랑스 역사에 관한 편지들》(1820)에서 그것을 증명하는 데 골몰한다. 따라서 역사는 민주주의적 개념들을 끌어모으고, 바로 그 개념들이 인식론적인 토대의 기원이 되는 것이다.

• 혁명 자체가 일기적(日氣的) 현상——그 잔인함과 끔찍함은 인간사의 부패한 흐름 속에서 오로지 신의 손의 개입을 통해서만 설명될 수 있을 것이다——이라는 극단적인 주장에 대항하는 역사적 숙고의 대상(뷔르케와 조제프 드 메스트르의 주장)이 된다. 스탈 부인과 뒤이어 티에르, 그리고 미녜는 혁명이 완만한 발전과 1백 년 전부터 쌓여온 모순의 논리적 귀결이라는 것을 보여 준다. 혁명은 생산력과 국가의 문명을 자신들의 손아귀에 집중시킨 부르주아층의 발전에 착수한다. 그리고 혁명이 격렬한 전복의 형태를 띠는 것은 여러 가지 저항으로부터 비롯되기 때문이다. 혁명은 저항에 직면할 수밖에 없었고, 저항은 혁명을 실행할 준비가 되어 있지 않은 일부 국민들에게 힘을 부여했기 때문이다. 혁명은 그 자체가 하나의 전통이 되며, 혁명에 대한 해석은 정치적 논쟁의 중심에 있었다. 혁명이라는 새로운 역사의 출현에 뒤이어 왕정복고와 1847년 그리고 제2제정하에서 위기의 순간들이 도래한다. 19세기의 정치적 발전에 대한 해석은 미래의 갈등과 실패의 모든 싹을 간직하고 있을 혁명과 부합한다. 역사는 정치와 너무나도 뒤얽혀 있어서 누구나 이수하는 교양과정쯤으로 보일 정도였다. 여러 사람들 중 티에르와 기조·루

이 블랑이 훗날 정치에 입문한다.

앙리 르페브르가 쓰고 있듯이, 19세기 정치가들에게 있어서 "과거는 살아서 그들을 에워싸고 있다. 지금 과거는 없지만, 현실이 그 뒤를 쫓는다. 인간들 자신이 행위의 이러한 지속성을 구현한다." 왕정복고에서부터 제3공화국까지 프랑스의 정치에 참여했던 티에르처럼 예외적인 정치적 삶의 장수(長壽)가 이러한 지속성을 실현한다.

시대적인 편차

문학은 역사와 정치의 이러한 뒤얽힘을 이용한다. 문학은 한편으로 그 뒤얽힘을 기록하고 표현하고 문제화한다. 또 다른 한편으로 문학은 그것을 사용한다. 검열은 사실상 근대 정치의 직접적인 표현을 대단히 의심스런 것으로 만들었다. 정치적인 말로서 단번에 정치 속으로 이입될 수 있는 것은 시 말고는 거의 없다. 연극과 소설은 더 많은 어려움에 부딪친다. 낭만주의 연극은 우리가 앞서 살펴본 여러 이유들로 인해 역사 드라마를 향해 나아가고 있었다. 근대 정치를 주제로 삼고 있는 소설들의 경우, 미완성으로 출판될 수 없었던 작품들로서는 두 가지를 예로 들 수 있다: 그 하나는 피에르 바르베리가 '금지된 소설, 불가능한 소설'이라고 말하던 《뤼시앵 뢰뱅》이다. 1834년에서 1836년 사이에 쓰여진 이 이야기의 시대적 배경은 1830년 직후에 시작되어 1836년과 다시 조우한다. 스탕달은 '경찰 때문에' 그 작품의 출판을 포기했노라고 말한다. 그는 정치가들을 언급하면서 그들의 실명을 거론하지 않으려고 원고지 위에다 숫자로 된 모든 시스템(기조의 경우 Zogt로, 티에르의 경우는 1/3로 표기)을 사용한다. 또 다른 소설 《아르시의 국회의원》은 발자크가 1839년에서 1847년 사이에 여러 번에 걸쳐 집필했던 소설이다. 줄거리는 1839년을 배경으로 펼쳐지며, 《위니옹 모나르시크》지의 문예란에 연재되지만, 그러나 저속한 내용이 독자들의 항의를 초래함으로써 연재가 중단되는 일이 벌어진다. 이 미완성 소설의 경우, 특히 흥미로운 것은 이 소설을 《정치 생활의 장면들》과 《수상한 일》이라는 또 다른 소설——이 소설들은 제정 초기를 배경으로 전개된다——과 연결시켜 주는 끈이다. 이 소설의 무대를 트로이 부근의 시골로 국지화한 것은 중단된 선거 이야기에 영향을 받은 듯하다. 발자크는 1841년에 《아르시의 국회의원》을 다시 집필하면서 그 이후부터 자신의 음모를 35년 후에 나오게 될 《수상한 일》의 연장으로서 구상한다. 거기에는 똑같은 가족들이 등장하는데, 그들 사이의 정치적 분열은 부분적으로는 시뫼즈 사건에서 그들이 취했던 입장에 따라 결정된다. 그것은 역사로부터 정치적 삶의 아주 중요한 요소를 분명하게 만들어 내는 일이었다.

작가들은 근대 정치의 직접적 표현에 영향을 미치는 금지 사항들에 익숙해 있었던 듯하다. 가장 빈번하게 작가들이 선택하는 시대적 편차가 작품 자체를 지나치게 훼손하는 것처럼 보이지는 않는다. 시대적 편차는 그것이 상정하는 바로 그 간격으로 인해 정치를 역사 속으로 재편입시키는 것을 허용하며, 정치에 대한 더욱 상세한 비전을 제공한다. 또한 과거 속에 뿌리박은 현재의 문제의 근원을 고려하면서 현재성에 관한 담론의 형태를 유지할 수도 있다. 이 텍스트들에 대한 비판적인 독서는 한 가지가 아닌 두 가지 정치적 상황을 사용하는 이러한 편차를 망각해서는 안 된다. 시대적 간격을 설정하는 폭은 다양하다. 시간적으로 편차가 좁은 간격은 발자크의 소설들(왕정복고의 정치를 언급하면서도 7월 왕정 시대에 쓰여졌다)과 플로베르의 소설(《감정 교육》은 제2제정 말기에 본 1848년 혁명을 이야기한다), 그리고 졸라의 소설들(제3공화국하에서 쓰여졌으면서도 제2제정의 정치적 삶을 그려낸다)처럼 동시대인에 대한 변화된 표현을 제공한다. 이 경우, 해석에서 작용하기 시작하는 것은 오히려 연사(連辭)의 축이다. 말하자면 하나의 정치적 상황은 그 뒤를 이은 발전 국면에 따라 분석된다. 예를 들면 발자크의 경우, 왕정복고의 정치는 그 실패의 원인을 고려하면서 분석되는 것이다. 소설 기법은 작가가 글을 쓰는 시점에서 알고 있는 것을 과거의 상황으로 준비하는 보이지 않는 움직임을 드러내려는 경향이 있다. 작품과 그 작품의 스토리가 전개되는 현실의 시대적 편차가 보다 크고 작품이 더욱 완벽하게 역사적인 경향을 띠는 경우, 사건과 작품의 관련성이 없음에도 불구하고 사용되는 것은 상황의 유사성이다. 1827년에 쓰여진 《생 마르》는 원래부터 왕권을 지지하던 귀족층을 왕권이 어떻게 쳐부셨는가를 보여 주고 있으며, 이는 1789년 혁명의 허약한 힘을 설명해 준다. 그럼에도 또한 공포정치하에서 정치를 지배할 수 있었던 바로 그러한 국시(國是)를 예고하는 것으로서 리슐리외라는 인물을 유추하는 방식으로 읽고 싶은 유혹을 억제할 수 없다. 《1793년》을 읽기 위해서는 이 소설이 파리 코뮌 이후에 쓰여졌으며, 거기에 제시된 내란에 대한 표현이 1871년의 대사건들의 의미를 지닌다는 사실을 고려해야만 한다.

연대표와 정치

• 너무나도 두드러진 성격 때문에 정치적 연대표는 소설의 세

계 속에서 혹은 등장인물들의 운명에서 빈번히 구조를 성립시켜 주는 역할을 한다. 이 현상들은 특히 《적과 흑》을 대상으로 피에르 바르베리에 의해서 정확히 규명된 바 있다. 잘 알려진 몇 가지 사례를 살펴보자. 《파름의 수도원》에서 한 날짜가 처음부터 이 소설의 시간성을 조직하고 있다. 이 작품에서 프랑스인들이 밀라노로 입성한 1796년이라는 연대는 일종의 자유 시대의 서막을 연다. 이것은 등장인물들에 대한 서술적 어조와 존재의 형태를 투사하는 중요한 사건이다. 《30년대의 여성》에서도 동일한 과정이 역동적인 반대의 움직임을 시작한다. 제국의 몰락은 역사의 엄청난 침체를 초래한다. 이와는 반대로 《레 미제라블》에서는 끝부분에서 정치적 사건이 모든 시간성을 조직한다. 이 방대한 이야기의 서술적인 다양한 흔적들이 1832년의 공화국의 봉기로 집중되며, 소설은 그 봉기로써 (거의) 막을 내린다. 이 소설에서는 끝에 가서 등장인물들이 떠맡고 있는 정치 속에서 사건은 여전히 그 등장인물들에게 의미를 부여한다. 《레 미제라블》에서 위고는 시간적인 이동으로 그 편차를 더욱 강조한다. 1830년 7월——거의 상기되지 않는——과 1848년 6월을 희생시켜 가면서 그 소설의 모든 의미가 지향하는 것은 공화주의 반란이 진압된 일자인 1832년 6월이었다.

이따금 소설의 시간은 줄거리를 둘로 나누는 정치적 사건에 의해 구조화된다. 《감정 교육》과 《부바르와 페퀴셰》에 등장하는 1848년 혁명이 그러한 경우에 해당된다. 소설 《부바르와 페퀴셰》에서는 1848년부터 1851년까지 벌어지는 이야기가 제6장을 차지하고 있는데, 이 장은 여론의 발전과 지방 사람들의 가슴속에서 2월 혁명에 대한 열광으로 남아 있던 부수적 현상을 분명하게 밝혀 주는 압축판이다. 이 장은 실망과 실패에 뒤이은 원래의 열광을 지니고서 부바르와 페퀴셰가 경험한 것으로써 구성된다. 1848년 혁명이라는 사건은 한편으로는 인간 행위를 과학적 행위와 기술적 행위로, 즉 농업이라든가 식물학·화학·고고학 등, 세계를 변화시키는 것을 목표로 하는 지식이나 기술, 또 다른 한편으로 인간에게 집중된 여러 행위, 즉 사랑이라든가 체조·철학·종교·심령술·최면술·교육 등으로 분리한다. 정신주의적 경향에 대한 매력과 거부는 인간에게 집중된 행위들 중 가장 핵심에 위치하며, 반면에 과학적·기술적 행위는 진보주의와 근대적 프로메테우스주의에 대한 신념을 표현한다.

• 우리가 방금 살펴본 경우와 같이 정치는 작품들 속에서 분명하게 등장한다. 정치적 사건들은 서술되고 강조된다. 그러나 등장인물들의 삶 속에서 정치적 사건들이 검열과 일치하지 않음에도 불구하고, 그 사건들이 언급되지 않는 소설들이 있다. 이경우, 소설 내부에 나타나 있는 연대와 정치적 연대를 연결하기 위해서는 현실적으로 책을 읽는 것이 필요하다. 피에르 바르베리는 《적과 흑》에 감추어진 이러한 연대기적 편차를 연구한 바 있다. 그것은 검열의 이유로 설명(스탕달은 그 작품을 왕정복고하에서 쓰기 시작했다)되지만, 그러나 그 나름대로의 고유한 의미를 만들어 내기도 한다. 정치적 변화의 규모는 정치가 다루어 보지도 못하는 사회적 장애 요소들에 비해 과소평가(정치는 다양한 유산 계급들 사이의 권력 투쟁이기 때문에)된다. 평민 계층이나 여성들 혹은 부르주아층과 연결되고 싶지 않은 귀족층의 운명에서 부르주아의 정치는 부차적인 소재에 불과할 뿐이다.

끝으로, 역사적·정치적인 일체의 연대를 지워 버리기에 급급한 작품들도 있다. 그 작품들은 일종의 정지된 시간 속에서 펼쳐지는 것처럼 보인다. 19세기의 정치적 연대가 상당히 두드러지게 나타나는 정도에 따라서 우리들은 이러한 경우를 연대의 확고한 지우기로 간주할 수 있다. 소설 《보바리 부인》과 〈순박한 마음〉, 그리고 자연주의 미학과 결부된 소설들, 말하자면 《제르미니 라세르퇴》나 《여자의 일생》에서 그것을 볼 수 있다. 이 작품들 속에서는 분명 우리가 방금 살펴본 요소, 즉 여성들의 삶과 몇몇 경우 열악한 환경에 놓인 여성들의 삶과 관계된 사건이 작용한다. 정치적 연대를 지워 버리는 것은 이렇듯 역사 밖의 삶을, 특히 활력을 잃은 사회적 세계의 시간을 표현한다.

• 서술적 시간성은 정치에 대한 다양한 관계의 배치를 보여 주는 지층으로 정리된다. 예를 들자면 바르베의 경우 이야기들을 끼워넣는 것이 이러한 지층을 두드러지게 보이도록 한다. 《마법에 걸린 여인》에서 세 가지 지층을 구별할 수 있다. 글이 쓰여진 시대(1855)와 일치하는 이야기의 지층, 타네부이 영감이 만들어 내는 이야기의 시점, 그리고 잔 르 아르두에가 마법을 거는 시점, 이것은 혁명 이후 십중팔구 제정 시대에 위치한다. 그 이유는 종교가 복구되었던 때문이다. 그 배경에는 실제적으로 정치적이고 서사시적인 내란의 여러 사건들이 삽입되어 있다. 그 소설은 정치적 열정이 아주 짧은 열정에 의해 다시 활성화되던 시대, 즉 글이 쓰여진 현재의 시간(1855)과는 다른, 타산적인 이기주의 앞에서 모든 열광이 사라져 버린 한 시대의 중간부에 위치한다. 그래도 역시 주요 이야기의 시간은 바르베의 모든 소설에서와 마찬가지로 제정의 말년이다.

정치적 시간성

마지막으로 시간성 자체의 메커니즘은 하나의 정치적 색조를
띤다. 전통이라는 개념에 입각한 우파의 시간성 속에서 시간은
그 자체의 복귀를 만들어 낸다. 과거, 그리고 지속되는 것에 대
해 보다 더 큰 가치를 부여하는 것은 일시적으로 어떤 심오함의
감정을 불러올 수 있을지도 모르지만, 그러나 그것은 발전을 가
져오지 못하는 시간이기 때문에 사람들은 일종의 영원성에 대한
상반된 느낌을 갖게 된다. 아득한 옛날의 무거운 시간성은 바르
베의 소설에서 대단히 두드러진다. 거기에서 모든 사물은 아주
옛날부터 존재하며, 개체들에게는 나이가 없다. 변천에 대한 부
정은 운명이라든가 예언의 주제에 대한 줄거리의 복종을 야기한
다. 《늙은 정부(情婦)》는 변화의 불가능성을 증명해 준다.

역으로 자유주의적 사상은 발전과 변화를 초래하는 시간을 추
천한다. 정리론적(正理論的) 정치는 그것을 논거로 삼는다. 입헌
군주제는 국민이 언젠가는 직접 통치할 수 있을 이성의 빛을 아
주 점진적으로 획득할 때까지 지속되어야 할 과도기적인 정치
체제이다. 완만하고도 지속적인 성장은 조르주 상드의 소설들이
나 혹은 장 들라브루아가 《레 미제라블》의 초판에서 지적한 바
와 같이, 시간에 대한 개량적인 개념에 따라서 혁명과 단절의
사상에 대립되는 이미지의 망(網)을 제공한다. 《레 미제라블》의
초판에는 나무와 식물의 생장에 관한 이미지가 들어 있다.

그러한 성장은 단절 · 분할 · 위기에 집중된 시간에 대한 더욱
혼란스런 시각, 즉 혁명을 총합하는 시각과 대립한다. 요컨대
《레 미제라블》을 지배하는 것이 바로 그것이다. 이러한 표상은

정치에 폭력을 통합한다. 그럼에도 불구하고 그것은 순환적 복귀에 대한 이해로 귀착된다. 동시대인들은 벌써 연속적으로 들어선 19세기의 정치 체제들을 시퀀스의 용어로 해석한다. 말하자면 하나의 혁명에 뒤이어 또 다른 강력한 체제가 들어서고, 그 강력한 체제는 의회주의 체제에 자리를 내주는 식으로 해석하는 것이다. 조각조각 세분화된 시간은 역사의 방향과, 예로서 위고의 경우 눈부신 미래에 대한 의지주의적 믿음을 용납하지 않는다.

마지막으로, 다시 말해 우파의 공상에 의해 부여된, 그리고 19세기를 통해 확인된 시간성은 시간을 데카당스한 것으로 파악한다. 시간의 몰락 자체가 새로운 건설 과정의 반대로서, 마멸로서, 엔트로피로서, 그리고 평등화로서 체험된다. 시간은 가장 경멸스런 의미로 확장되고 있었기 때문에 기본적으로 민주주의적이며, 따라서 시간은 근본적으로 역사와 정치에 대립한다.

모든 사물 위로 한 조각 한 조각 미세한 먼지를 흩뿌리는 시간은 역사가 없다면 결국 중대한 사건들을 은폐해 버리게 될 것이다. 벌써 시간은 지금부터 거의 멀지 않은 한 시대의 여러 상황들을 모래를 평평하게 고르듯 쟁기로 고르기 시작했다. 그리하여 우리에게는 더 이상 당시의 분위기를 말해 주고 있었던 감정들에 대한 정확한 기억도 없다. (《마법에 걸린 여인》)

바로 이러한 한도 내에서 추억을 보존하고 과거를 되살리는 콩트 작가는 반민주주의적 성향의 정치적 작품을 쓴다.

7

목소리

1789년 이후의 사회에 대한 개념의 민주화는 정치적 삶에서 확대되는 개인적 의견의 중요성과 어깨를 나란히 하면서 말의 표현에 있어서 변화를 가져온다. 다방면의 다양한 사람들이 정치에 관련되어 있었고, 개인적인 다양한 의견들이 표출되면서 문학적 영향력이 증대되고 있었던 것이다. 이것은 극중 인물들을 다양하게 등장시키면서 담론과 다양한 관점을 듣도록 해주는 드라마에서 아주 두드러진다. 그러나 시와 소설은 나름대로의 독자적인 방식을 통해서 가장 넓은 부채꼴의 형태로 담론에 말을 부여한다. 한편으로 정치는 무엇보다도 담론이며, 말의 대상이다. 정치는 가장 좋게 말하자면 특수한 미사여구에 토대를 둔 웅변술의 장소이며, 가장 나쁘게 말하자면 빈말만으로도 만족해야 하는 무미건조한 언어, 공허한 담론이다. 아무튼 정치는 특유의 개인적 언어와 그것이 특수 언어로 형성되는 방식, 그리고 그것을 사용함으로써 종종 다른 형태의 담론을 은폐하는 방식을 찾아내는 작가들에게 흥미를 불러일으키기 위해 잘 만들어진 언어의 대상인 것이다.

나아가 언어의 정치적 목적은 대혁명에 의해 분명하게 밝혀진 바 있다. 낮춤말과 높임말의 문제, 혹은 국가의 통합이라는 시각에서의 유일한 프랑스어를 위한 지역적 방언의 근절 문제 등을 생각해 보아야 한다. 작가는 그 자신이 사용하는 언어가 정치적 선택에 좌우되고, 그것이 이미 세계에 대한 어떤 정치적 이해를 결정해 준다는 사실을 아마도 더욱 분명히 인식하고 있었을 것이다.

텍스트의 망상 조직 속에서 다수의 소송들이, 다수의 계층들이 정치적 목소리를 지닐 수 있다. 분명하게 드러나는 능변가들 (화자·등장인물들)이나 익명의 목소리들이 텍스트에 대화체의 성격을, 나아가 언어와 서술의 특수성을 부여한다.

1. 화자-정치적 대변인

화자는 아주 빈번히, 특히 정치적 관점의 역할을 수행한다. 왜냐하면 화자는 하나의 세계, 하나의 환경, 자신의 음모와 메커니즘을 그려내고, 역사적 상황을 특수화하기 때문이다. 화자의 설명적인 담론은 정치적 설명을 포함한다.

• 화자는 한 당파에 소속됨으로써 자신의 관점을 제시할 수 있다. 그리하여 화자의 정치적 견해들은 등장인물들의 견해와 똑같은 플랜 위에 놓여지게 되고, 그는 특정 당파에 소속된다. 스탕달이 《적과 흑》·《어느 여행자의 회상》에서 실행하는 것이 바로 그것이다. 화자의 견해에 대한 표시는 어떤 단언들에 대한 반어법적인 가치를 해독하도록 허용하기 때문에 아이러니는 이 방식과 어깨를 나란히 한다. 《농민들》에서 발자크는 역사를 읽는 데 골몰하는 사람의 시각으로 화자인 에밀 블롱데를 등장시킨다. 이 소설의 전반부는 블롱데가 나탕에게 보내는 편지로 구

성되어 있다. 편지는 블롱데가 나탕에게 에그의 영지와 그 소유자들의 상황을 알려 주기 위함이었다. 그런데 블롱데는 정통 왕당파의 견해를 지닌 기자였다. 여기서 발자크는 블롱데가 등장인물들과 발자크적인 화자 사이의 중계 역할을 수행하는, 복합적인 해결책을 선택한다.

• 실제로도 이것이 1830년 이후 일반화되고 있었다는 가정을 내세울 수 있다. 화자는 종종 삐죽이 드러나오는 위치를 선택한다. 화자는 등장인물들과 동일한 플랜 위에 위치하지 않으며, 1830년 이후의 문학적 정치가 차지하는 위상에 부합하는 정치적 담론을 유지하고, 정당을 초월하는 정치를 언급한다. 화자는 (경멸스런 정치가와는 대조적인) 주요 정치가와 정치적 성향의 철학자들의 관점에 대한 자신의 관점을 제시한다.

교회의 재산을 획득한 사람은 신성을 모독하는 도둑이 보여 주는 것과 거의 비슷한 공포심을 불러일으키고 있었다. 하나의 견해가 지니는 숭고함과 위대함을 잘 이해하는 그 주요 정치가의 영원한 이성 말고는 거의 아무것도 없다. 그 견해는 현세대의 무기력하고 타락한 사람들에게는 지나친 것처럼 보인다. (《마법에 걸린 여인》)

이러한 태도는 (정치적 시야의 깊이가 역사적 거리와 뒤섞임으로써) 역사적인 시야와 어깨를 나란히 한다.

또 다른 텍스트들 속에서 화자는 수렴의 지점으로 등장한다. 위고의 경우 '내'가 지속성을 통해 의견 변화의 통합점이 되듯이 화자는 그 변화를 늘어놓고, 그것을 관점화시키는 심급(審級)이 된다. 그는 이러한 각각의 의견을 하나의 특정한 상황으로 가져다 놓고 시간을 통해서, 말하자면 서술을 통해서 구성되는 하나의 진실로 모든 의견을 가져다 놓는다. 그 자체로서 잘못된 의견은 존재하지 않는다. 그러나 진실과의 관계를 통해 결부된 상대적인 의견들이 있기 마련이다. 이러한 진실은 작가의 작업에 의한 서술의 짜임새 속에서 구성되는 것보다 화자에 의해 보다 덜 구속적인 것이 된다.

자연주의 소설가들은 반대로 화자의 평정을 권유한다. 플르베르는 "소설가에게는 그것이 무엇이든 그것에 관해 자신의 견해를 표명할 권리가 없다. 하나님이 과연 자신의 견해를 말한 적이 있던가?"라고 평한다. (G. 상드에게 보낸 편지, 1866)

• 끝으로 서술의 버팀목 자체에 정치적 전제 사항들이 없는 것은 아니다. 화자가 이야기를 해주는 사람, 즉 바르베의 경우 구전(口傳) 문인이 전통주의 사회에 대한 옹호의 가치를 지니는 것은 18세기 이래로 사상의 자유와 합리주의, 그리고 이성의 발전에 결부된, 글로 쓰여진 작품에 대한 적대감을 의미한다:

나는 그것들[세부적 사항들]을 끌어모았다. 나로서는 그곳에 진정한 역사가 존재한다고 생각한다. 진정한 역사란 서류함과 상서국(尚書局)의 역사가 아닌, 구두로 전해져 오는 역사 · 담론, 그리고 한 세대가 남겨 놓은, 그 세대의 눈과 귀를 통해 들어온 생생한 전통인 것이다. 그것은 그 전통을 뒤따른 세대의 마음과 기억 속에서 그것을 지녔던 가슴과 그것을 말해 준 입술로 뜨겁게

남겨져 있는 역사인 것이다. (《마법에 걸린 여인》)

2. 등장인물들을 통해 본 정치 사상의 대화

• 대화는 19세기의 소설 속에서 중요한 자리를 차지한다. 대화는 여러 사회와 그것들의 결합 형태, 그리고 그 코드를 묘사한다. 스탕달의 경우는 낭시의 귀족 살롱들에서, 플로베르의 경우는 당브뢰즈 살롱에서 정치는 커다란 부분을 점유한다. 정치적 대화는 대다수의 경우 짜증을 자아내고, 주요 인물들이 참여하지 않거나 (혹은 단순히 분위기를 바꾸기 위한) 대화 내용으로 소음을 만들어 낸다. 왜냐하면 그들의 관심사는 오로지 다른 곳, 예를 들면 사랑하는 여인이나 관심이 가는 여인을 두고 그들이 느끼는 감정에 있기 때문이다. 정치적 대화가 오로지 짜증을 자아내는 이유는 시시한 장소들을 장황하게 늘어놓기 때문이다. 어떠한 순간에도 사상의 교환은 이루어지지 않는다. 게다가 그것은 대화의 목적도 아니다. 설사 대화의 목적이 있다 해도, 그 목적은 그룹의 결합을 의미하는 것에 불과하다. 1848년 혁명 이전에 당브뢰즈 살롱에서의 정치적 대화는 정당들과 그 정당들이 내각에 대해 만들어 내는 상황(1840년대의 어쩔 수 없는 주제), 그리고 이어서 빈곤 상태(이미 꽤나 예고된), 심각한 산업적 착취, 정치 범죄 등을 화제로 삼는다. 대화의 연결은 그저 기계적이고, 거기서 말해진 사상들은 《공인된 사상 사전》에서 차용되고 있었던 듯하다. '이 노인네들의 부패'에 진저리를 친 프레데릭이 귀에 거슬리는 견해를 밝히고자 애쓰던 것이 교감이 끊어진 이후 솟아오르는 사회적 공포감에 짓눌린 대화의 끝이었다:

(살롱의) 모든 다른 여성들은 막연히 공포에 질린 채 말이 없었다. 마치 총소리를 들은 것처럼. 《감정 교육》)

따라서 소설은 정치적 대화의 무익함이나 모순, 아니면 실질적인 토론의 주제가 도입될 때부터 대화의 실패를 보여 준다.

• 이러한 세속적 상황 밖에 있는 인물들이 정치적인 대화에 이르게 될 때, 그 대화는 어떻게 될까? 소설은 빈번히 이러한 대화 교환의 즉각적인 실패를 부각시킨다. 《레 미제라블》에서 마리우스의 할아버지인 질르노르망이 손자가 나폴레옹주의자임을 알아차렸을 때, 대화는 대립을 초래한다. 이내 감정적인 강도가 쌍방에서 일어남으로써 그 강도는 대화의 교감을 원천적으로 봉쇄해 버린다. 그리하여 아주 빠른 속도로 위험한 고비에 이르게 된다. 마리우스는 다음과 같이 응수할 수 있을 뿐이었다: "부르봉 놈들을 타도하자. 루이 18세를 따르는 이 돼지 같은 놈들!" 이 이야기를 좀더 깊숙이 들어가 보면, 마리우스는 아베세의 친구당 앞에서의 열광적인 연설을 통해서 나폴레옹을 옹호한다. 그가 연설을 끝마치자 콩브페르는 '에트르 리브르'〔자유주의자〕라는 단 두 마디로 응수했으며, 단 한 번 말대꾸로 만족해하던 앙졸라를 제외하고는 모든 사람이 자리를 박차고 일어섰다. 따라서 위고는 모든 의견이 대화 속으로 들어갈 수 없음을 분명히 보여 준다. 왜냐하면 그 모든 의견들은 개인과 그의 역사, 그의 측근들을 지나치게 끌어들이기 때문이다. 한 의견에 대한 표현은 관계의 단절을 가져오고, 뒤이어 어떤 유익한 폭력이 동반된다. 그것은 사람들이 합의를 도출하는 것을 의미하기 때문이다. 이것이 대화의 어떠한 진전도, 타인의 사상에 대한 어떠한 고려

도 가능하지 않다는 것을 의미하는 것은 아니다. 하지만 그것들은 시간을 필요로 한다. 마리우스는 친구들의 사상에 다가가고, 그의 할아버지는 손자의 견해에 동의하지 않으면서도 결국 손자의 견해를 인정하기에 이른다. 그러나 관용과 동의는 말의 영역을 넘어서는 하나의 변천 속으로 기입될 수 있을 뿐이다. 말은 대화의 시간과는 다른 시간을 요구하기 때문이다.

정치적 대화는 그것이 이러한 성격을 부여하는 데 기여하는 유토피아적인 소설들의 내부에서만 달성될 뿐이다. 《시골 의사》제3부를 차지하는 정치적 대화가 바로 이 경우이다. 그 대화는 마을의 유력 인사들을 끌어모으고, 그들의 사회적 역할(사제 · 군인 · 치안판사 등)에 따라 추론적인 역할을 분배한다. 그것은 심포지엄의 옛날 모델과 흡사하다. 발자크는 이 작품에서 한 팜플렛(《현정부에 대하여》)에서 제시된 정치적 주제들을 되풀이한다. 여기서 대화는 상원의원들 사이에서 이루어지며, 하인들은 자기들끼리 의견을 주고받는다. 그들은 자신들이 이해하지도 못하고, 또 그들을 상대로 하지도 않는 그 대화의 마침표를 찍는다. 사회주의적 경향의 소설들 속에서 조르주 상드는 상이한 사회적 환경에 속하는 대화자들 사이에서 더욱 소크라테스적인 대화의 형태를 가정한다. 《앙지보의 제분업자》에서 상드는 등장인물들을 둘씩 대립시킴으로써 이루어지는 대화——이는 타인의 사상이나 또 다른 사상을 발견하고, 나아가 자아를 발견하는 현실적인 순간들이다——를 이용하여 등장인물들을 전개시켜 나간다. 그러나 이것은 정치적 견해가 이미 형식화되지 않는 세계에서만 가능할 뿐이다.

• 끝으로 등장인물들은 때로 정치의 실질적 담론을 만들어 내

는 입장에 놓이기도 한다. 작가가 정치적 발언을 들려 줄 수 있는 때가 바로 그 시점이다. 그러나 독자가 그 발언을 진지하게 받아들인 것을 작가가 깨닫게 될 때, 작가는 그 발언을 픽션의 세계에서 어떻게 빼내 올 것이며, 그것을 어떻게 믿을 수 있도록 만들 것인가? 우선 주목할 것은 상황이 현실적일 때, 그 담론이 중요성을 지니고 있는 경우는 드물거나, 심지어 그 담론이 벌어질 수 있는 경우도 드물다는 사실이다. 이 경우, 보다 문제가 되는 것은 정치적 연설의 실패를 증명하는 일이다. 《아르시의 국회의원》 서두에서 국회의원 선거에 입후보하고자 하는 시몽 지게는 도시의 가장 영향력 있는 인물들 앞에서 연설을 행해야 한다. 명확한 어떠한 정치적 프로그램도 갖추지 못한(오로지 사회적인 어떤 위치를 차지하고픈 욕망으로만 의원이 되고 싶어했으므로) 그는 반대파의 용어에 말려들면서 결국 문자 그대로 청중들을 잠들게 하고 말았다. 이 연설의 실패는 7월 왕정하에서의 정치적 토론이 부재했음을 의미한다. 《감정 교육》에서 프레데릭은 지식인 클럽——이를 통해 그 자신이 의원에 출마하고 싶어했다——에서 발언권을 얻을 수조차 없었다. 플로베르는 1848년에 계속되던 정치적 발언의 위기를 등장시켰던 것이다.

위고의 경우 정치적 연설들은 일상적이거나, 심지어 현실적인 표현 속에 위치하는 것이 아니라 그것들이 가공의 수취인들에게 받아들여질 수 없는 바로 그러한 상황 속에 위치하며, 이것이 외부의 수취인, 즉 독자를 그 연설들에 할당한다. 바리케이트가 점령되기 직전에, 그리고 투사들이 모두 사망하기 직전에 바리케이트의 높은 곳에서 동료들을 상대로 행한 앙졸라의 연설은 물론 바리케이트의 슬픈 연설이었지만, 청중들의 가공의 부재 속에서 이루어진 연설과 관계된다는 사실이 그것을 독자에게 말해 준다. 《웃는 남자》에서 귕플렌이 상원에서 행한 연설의 경우도 마찬가지이다. 상원의원들은 우선 그 연설이 팔다리를 잃은 사람의 찌푸린 얼굴을 통해서 행해졌다는 점에서, 그리고 동시에 하나의 문제, 즉 굶주림과 사회적 불평등의 문제――그들이 그 의미조차도 이해하지 못하는――를 다루고 있다는 점에서 그 연설을 이해할 수 없었다. 여전히 그 텍스트는 독자가 가능한 유일한 수취인이 되어야 하고, 또 수취인이 될 수 있는 방식으로 구성된다. 뤼 블라스(제3막 2장)가 조정의 신하들을 상대로 행하는 대연설의 의미는 그들에게서는 이해될 수 없는 것이다. 그 이유는 부분적으로는 그들이 뤼 블라스의 실제 정체를 모르고, 또 부분적으로는 자신들이 부패함으로써 그 연설을 권력의 어떤 전략의 일환으로써 파악하고 있기 때문이다. 그 다음 장면에서는 또 다른 수취인이 드러나고, 숨어 있는 여왕이 뤼 블라스의 청을 들어 주었고, 뤼 블라스가 여왕의 사랑을 확인했음을 알게 된다. 이 연설의 많은 수취인들과 예기치 않은 효과들로 인해 독자는 어쩔 수 없이 해설자가 되어야 하며, 한편으로는 그 연설에서 1789년의 목소리와, 또 다른 한편으로는 국가의 명예에 치명적인 금전 매수와 부패――1837년의 정계의 특징――에 대한 비난을 이해해야 한다.

3. 국민의 목소리

• 문학 텍스트에서 국민에게 부여된 위상은 작가가 국민의 통치권에 대해 품고 있는 사상에 좌우된다. 《시골 의사》에서 국민의 목소리는 유력 인사들의 대화에 반향을 일으킴으로써 중요성

과 자율권(제정에 대한 더 높은 가치 평가는 브나시의 정통 왕당파적 사상의 대위법으로서 등장할 수 있다), 그리고 나름대로의 독특한 정형화의 능력을 지니고 있지만, 그러나 도덕적인 요구 사항과 권위, 그리고 유력 인사들의 연설을 국민들의 것으로 간주하는 강력한 권력에 대한 찬양을 표현하면서 유력 인사들의 연설을 추인한다.

• 바르베의 소설에서 대중의 의견은 소문의 형태를 띠면서 커다란 역할을 한다. 바르베는 전통의 내재적 판단을 표현하는 이러한 의견을 필요로 한다. 사제 송브르발은 결혼을 함으로써 자신이 살고 있는 지방 사람들이 흔히 자신에게 보내는 경멸을 감수해야 했으며, 이것은 그가 받아야 하는 죄의 일부이다.(이러한 관점에서 국민의 목소리는 바로 신의 목소리이다.) 그러나 동시에 이 국민의 목소리는 자신의 딸 칼릭스트와의 근친상간을 강조하는 추잡한 풍문으로 변질되고 만다. 덕분에 그 소문은 송브르발이 구현하는 프로메테우스적이고 혁명적 정신에 대한 노력 못지않은 고결한 칼릭스트를 신성화하려는 종교의 노력을 띠고 있다. 국민의 목소리는 풍문으로 흉측하게 일그러져 버린다. 바르베의 경우 이것은 전통의 사회로부터 여론의 사회로, 신정정치로부터 민주주의 정치로의 이행을 의미하는 것일지도 모른다. 마찬가지로 《마법에 걸린 여인》에서 국민의 목소리는 세분화되고, 신의 판단에 대한 한결같은 양상을 띠지 않으며, 개인적 견해들이 집합됨으로써 어떤 면에서는 공동체적 통일성과 일체성의 단절을 영속화시킬 수 있을 뿐이다.

르 아르두에가 자코뱅 시절의 옛날 언어로 말하던 바와 같이

그가 여러 번 클로트를 찾아갔고, 그 삭발당한 노파의 집에서 그
지방 사람들이 그토록 비난하던 이 올빼미 당원과 만났다는 사실
을, 그리고 끝으로 사방에서 조금씩 조금씩 풍문으로 엿들어 모
아진 각자의 이야기들을 이 모든 것에 덧붙여 보자. 그러면 여러
분들은 경련으로 떨리는 토마스 영감의 눈썹 위로 진하게 드리워
져 가던 슬픔의 비밀을 깨닫게 되리라. (《마법에 걸린 여인》)

4. 언어와 정치 사상

• 19세기의 작가들은 한 언어의 다양성을 간직하는 제반 현상
들을 숨어서 기다린다. 그 언어는 평판 높은 일반 관용어, 즉 액
선트와 은어, 기술적 용어, 개인어 등을 사용하는 데 있어서의
한계와 공유를 가르친다. 정치적 어휘와 그의 역사성에 부호를
붙이는 것은 언어의 구체적 다양성에 대한 이러한 관심과 결부
되어 있다. 특정 용어들의 사용은 정치적 견해의 표지를 지닌
다. '보나파르트'에 관해 언급한다는 것은 왕정주의적이든 공화
주의적이든 등장인물에 대한 자신의 적개심을 표명하는 것이다.
스탕달의 경우 온건·보수적인 부르주아층은 자신들의 시계추
가 이미 18세기 말엽에 멈추었다고 주장하면서 낭시의 공화주
의자들을 '관념론자들'로 칭한다. 왕정복고 시대의 과격 왕당파
들에 대해 위고는 《레 미제라블》에서 다음과 같이 기록한다:

    보수, 보수하다, 보수파, 이것이 사전의 내용 전부였다. 향기롭
  다(세상의 평판이 좋다는 뜻)는 것이 문제였다.

정치는 일반 언어 내부의 특수한 지역으로서 나름대로의 독특한 언어를 갖추고 있다. 하지만 이 언어는 그 사용 빈도가 급속도로 높아지는 또 다른 특수 용어들과 전적으로 흡사하지는 않다. 예로서 위고가 《레 미제라블》에서 은어와 비교하는 특수한 다수의 언어들을 열거하면서 소설 속에 그것을 삽입하지 않는다는 사실에 주목해 보자. 실제 생활과 기술, 특수한 분야들에 해당되는 이 모든 특수 용어들과는 달리 정치적 언어는 특히 1830년 이후에 순수 언어로서, 올가미처럼 기능하는 지시 대상이 없는 낱말들로서 등장한다.

알다시피 진보라는 이 말은 아니오!를 의미할 수도, 예!를 의미할 수도 있다……. 그것은 자유주의라는 단어, 즉 새로운 야심을 위한 질서의 새로운 단어를 부각시키는 것이다. (《아르시의 국회의원》)

작가가 스스로 역사가가 되기를 즐겨하는 정치적 명칭의 변화는 따라서 하나의 부대 현상(附帶現象)이 되고, 그 현상 뒤에서 다음과 같은 태도(개인적 야심, 민주주의에 대한 증오)의 지속성을 구별해 낼 수 있다:

1832년에 부쟁고[1830년 혁명 후의 민주주의파 청년]라는 단어는 케케묵은 자코뱅이라는 단어와, 당시 거의 쓰이지 않았으며 그후 대단히 유용하게 사용된 선동정치가라는 낱말 사이의 중간적인 역할을 하고 있었다. (《레 미제라블》)

• 정치적 언어의 이러한 조형성이 작가들에게 그 언어를 매혹

적인 것으로 만들어 준다. 정치적 언어는 문학과 낱말들을 통해서 사물의 존재를 믿도록 하는 문학의 능력에 대한 이미지 자체이자 동시에 낱말들이 그 존재 자체가 되는 문학의 이면이다. 그러한 정치적 사건에 의해 초래된 텍스트들에 관한 연구는 논쟁의 은유가 지니는 양면성을 보여 준다. 1848년 6월의 수간(獸姦)의 기록, 지옥과 세계의 종말에 대한 은유 등이 두 진영에 의해 서로 공방의 대상이 되면서 사용된다. 작가는 그 자신의 텍스트 속에서 이러한 조형성을 시험한다. 《징벌 시집》의 원고를 연구해 보면 급진적으로 반민중적인 시들을 가볍게 교정함으로써 그 시들이 제정의 통치자에 대한 사나운 공격으로 변모되었음을 확연히 알 수 있다.

보들레르의 시에 관한 최근의 연구들은 보들레르가 1848년 정치의 상투적인 말과 진부한 유형을 제거하는 데 어떻게 전력을 다했는가를 보여 준다. 그럼에도 불구하고 그의 시는 여전히 정치적 상황과 구체적인 사건들을 가리키는 무수한 낱말들과 테마, 그리고 은유들(포도주, 넝마주이, 카인과 아벨, 여자들……)로 가득 차 있다. 하지만 그의 시 창작 작업은 이 정치적 언어를 자신의 것으로 만들어서 자신의 환각으로 혼합시키는 데 있었다.

• 작가들이 정치적 언어의 무의미함과 그 언어가 헛되이 기능하는 방식을 분명히 밝혔음에도, 역으로 작가들은 언어의 내부에 존재하는 정치적 성격을 발견한다. 언어의 모든 용도는 세계에 대한 비전을 전제로 하며, 언어 구조는 때로 정치적 시스템과 일치한다. 〈고발에 대한 답변서〉에서 위고는 언어가 어떻게 1789년 이후에 더 이상 똑같은 언어가 될 수 없었는지를, 그리고 시 속의 단어들에서 난무하던 귀족적인 품위 있는 차별성이

어떻게 평등주의에 자리를 양보했는지를 보여 주고 있다. 모든 단어가 시의 소재가 될 수 있었다. 그 자신이 창조한 정치적 언어로 이루어진 이 시 속에서 말하듯이, 위고는 작가가 정치적 움직임 속에서 언어의 혁신을 통해 담당할 수 있는 역할을 강조한다. 발레스는 중학교의 수사학과, 라틴어와 그리스어 학습으로 젊은이들에게 무조건 한 가지 언어를 습득하도록 하는 복종의 학교를 고발한다. 그 학교는 젊은이들에게 현실과 직접적인 관계를 맺도록 허용하지도 않고, 사고와 행위를 일치시키는 것을 허용하지도 않기 때문이다. 그는 그 학교에 시련과 현실의 충돌에서 단련되는 투쟁의 언어를 대립시킨다.

결 론

　이런 연구의 노정에 대한 야심은 기본적으로 방법론적이다. 우리가 원하는 바는, 19세기의 문학과 정치 사상의 관련성에 관한 연구가 정치적 사고를 활성화시켰던 주요 테마들을 찾아내어 문학작품 속에서 그 테마들이 반복되고 있음을 알려 주는 것만으로는 만족할 수 없음을 보여 주는 것이다. 우리는 문학적 현상을 그 모든 양상으로 끼워넣는 복합적인 관계를 해결해야 한다. 대부분의 경우, 한 텍스트의 진정한 정치적 목적이 가장 잘 드러나는 것은 특정 견해의 진술 속에서가 아니다. 우리는 독자들에게 정치적 선택이 기록될 수 있는 모든 수준의 문학 작업에 주의를 기울일 것을 촉구하고자 했다.

　언뜻 보면, 이 70년 동안의 횡단비행은 번갈아 가면서 일어난 문학의 정치에 대한 개입과 퇴각을 보여 주는 것일 수도 있다. 하지만 상황을 좀더 가까이서 관찰해 보면, 그 70년은 대단히 복잡해진다. 각 세기마다 작가들은 정치에 대한 실망으로 쓰라린 마음을 표현하고, 자신들을 보호해 주는 문학을 세우고자 하는 그들의 바람을 표현한다. 반대로 어떤 작가들은 문학의 내부에서, 그리고 문학이 제공하는 특수한 수단들을 통해 정치적 논쟁의 재개를 선택한다. 심지어 오랫동안 문학의 탈정치화의 서막을 여는 것으로 간주되는 1848년의 상처는 더 이상 명확한 것으로 보이지 않는다. 최근의 연구들은 언뜻 정치가 밀려나 있는 듯 보이는 문학작품들(보들레르)을 이해하는 데 있어서 정치가 얼마나 중요한 역할을 하는지를 보여 주고 있다. 따라서 문학이 곧 정치라고 생각하는 작가들(위고·미슐레)과, 정치란 사고의 질서가 아니기 때문에 문학을 위한 단순한 대상(플로베르)이거나 환각(보들레르)일 수밖에 없다고 생각하는 작가들을 구별하는 것으로 만족해야 한다.

우리는 19세기의 정치적 숙고 속에서 문학의 상대적 자율권을 확인할 수 있었다. 문학의 이러한 이데올로기적 자율권은 작가들에게 특정 레벨을 붙여 분류할 수 없다는 사실(스탕달; "자유주의자인 나 자신도 자유주의자들이 극단적으로 어리석은 사람들이라고 생각하고 있었다." 《에고티즘 회상록》), 그리고 작가의 확고한 신념에 대한 텍스트의 상대적 독립성(이런 견지에서 발자크의 예는 종종 선두에 놓인다)에서 나타난다. 그러나 우리가 연구를 중단하는 1870년이라는 시점은 이러한 자율권의 연약함을 간직하고 있다. 1871년 3월 18일부터 5월 28일까지 급진적 공화주의자들과 세계주의자들, 그리고 사회주의자들에 의해 고무된 파리 코뮌은 티에르 정부와 2월에 선출된 왕당파 의회와 대립한다. 파리의 폭동은 결국 '피의 일주일' 동안에 코뮌 가담자들이 진압됨으로써 막을 내린다. 수도의 노동자 인구 중 4분의 1이 그 진압에서 희생된다. 내란으로 이어진 이러한 혁명의 시도 앞에서 대다수 작가들(상드·고티에·플로베르·뒤 캉 등)은 그것을 이해하려 들지 않았으며, 보수파와 결탁했고, 사회적 공포에 대한 가장 전형적인 연설을 주저없이 채택하면서 코뮌의 가담자들을 비방했다. 파리 코뮌의 주동자들 중 한 사람인 발레스와, 브뤼셀에 있는 자신의 집을 코뮌 가담자들에게 은신처로 제공하고 뒤이어 사면을 위해 그들 편에 선 위고만이 이 이데올로기적인 순응주의에 저항했다.

　그리하여 제2제정의 말기는 우리의 눈에 문학과 정치의 관계 속에서 하나의 경계를 나타내 준다. 가장 먼저, 그 경계는 프랑스 대혁명에 의해 시작된 시기——이 시기에는 정치적 논쟁이 제도와 체제의 형태에 집중되고 있었다——를 마감한다. 프랑스에서의 공화국의 확고한 창립과 함께 그것은 어떤 투쟁의 끝을 가리킨다. 그렇다고 해서 이것이 작가들이 정치적인 숙고와 개입으로부터 벗어나는 것이라는 의미는 아니다. (드레퓌스 사건이 바로 그것을 증언해 주고 있으며, 보다 우리와 가까이 있는 작가들로는 말로 · 아라공 · 드리외 라 로셸이 있다.) 그러나 1800년에서 1870년에 이르는 기간 동안 문학은 특수한 역할을 수행한다. 기대와 희망, 그리고 실망이 교차되는 그 시대에 문학은 정치적 의식과 정치적 욕구의 장으로 남아 있다. 대작가는 정치적 이상과 사상, 관념에 대한 숙고와 논쟁을 생생하게 보존할 수 있는 역할을 자신에게 부여한다. 바로 이러한 역할이 작가에게 그가 훗날 더 이상 열망할 수 없을 정도의 위대한 인간으로서의 영향력을 부여하는 데 기여한다.

정치적 · 문학적 사건 연대표

			주요 정치적 사건	사상-문학
1799	통령정부		**브뤼메르(霧月) 18일의 쿠데타** (나폴레옹의 쿠데타)	자유주의 사상의 생성
1801			교황과 나폴레옹의 화약	(스탈 부인 · B. 콩스탕)
1804	제1제정		앙갱 공작의 처형 나폴레옹 1세 황제 즉위. 민법전	반혁명 이론들 (메스트르 · 보날)
1810			전제정치의 강화	문학 이론의 갱신 (《독일론》, 1810) (《그리스도교의 정수》, 1802)
1812			나폴레옹의 패전의 시작	
1814	왕정복고	자유주의 내각	제1 왕정복고 루이 18세 즉위–1814년 헌장	
1815			**백일천하. 워털루 전투**	낭만주의 시 (《명상시집》, 1820) 연극에 관한 숙고 (《라신과 셰익스피어》,
1820		과격왕정 내각	베리 공작의 암살	1822)
1824			샤를 10세 즉위	역사학의 발전
1828	7월 왕정		마르티냐크 내각(자유주의파)	
1829			폴리냐크 내각(과격 왕당파)	위고, 《에르나니》
1830			**7월 혁명.** 루이 필리프 즉위 공화주의자, 정통 왕당파 나폴레옹파의 동요 시기	스탕달, 《적과 흑》 발자크, 《인간 희극》
1835			피에스키의 테러 저지법(沮止法) 제정	스탕달, 《파름의 수도원》 · 《뤼시앵 뢰뱅》

연도	정체	정치 사건	문학·예술
	7월 왕정		낭만주의 드라마
			사회주의 · 공상주의 문학
1846		유럽의 경제 위기. 기아. 소요	새로운 언론 형태와 결부된
1848	제2공화국	2월 혁명. 공화국 선포	문예 소설란의 등장과 활성화
		6월 폭동.	
		루이 나폴레옹 보나파르트	
		대통령에 선출(1848년 12월)	
1849			
		보수파의 정치	
1851		12월 2일의 쿠데타	
		제정의 부활	
1852	독재 제정	보통선거	
		공공 자유의 제한	위고, 《징벌 시집》(1853)
1855		오스만에 의한 파리의 변화	
			예술을 위한 예술 ⎫ 예술가의
			사실주의 ⎭ 평정
			《악의 꽃》(1857)
1860	제2제정	자유주의자들의 몇몇	
		이니셔티브	실증주의
			비판적 공화주의 문학
			《레 미제라블》(1862)
1867	자유 제정	증대된 자유화	부르주아 연극(라비슈 · 페도)
			개량적 계몽문학 (상드 · 에르크
1869			만과 샤트리앙)
			플로베르, 《감정 교육》(1869)
1870		프로이센과의 전쟁	
		스당에서의 패배	
		공화국 선포(9월 4일)	자연주의
	제3공화국		졸라, 《루공 마카르》 총서
1871		파리 코뮌(3월 18일-5월 27일)	
		도덕 질서의 정부. 언론 검열	
1879			
1880		코뮌 가담자들의 사면	

참고 문헌

• 저작물(역사 · 정치사상사)

19세기의 정치 사상과 정치적 삶에 대한 이해는 동시기 역사의 일반적 양상들에 관한 인식을 전제로 한다. 따라서 우리는 과거의 저작이든 최근의 저작이든 이러저러한 분야를 더욱 확실히 밝혀 주는 저작들이라면 주저 없이 선택하였다.

AGULHON Maurice, *1848 ou l'apprentissage de la république*, in *Nouvelle histoire de la France contemporaine*, t. VIII, Paris, Seuil, 1973. 본 연구를 위해 필수불가결한 저작.

BELLET Roger., *Presse et journalisme sous le Second Empire*, Paris, A. Colin, coll. 〈Kiosque〉, 1967. 내용이 생생하면서도 풍부한 저작.

CHARLÉTY S., *La Restauration*, in *Histoire de la France contemporaine* d'E. Lavisse, t. IV, Paris, Hachette, 1921. 정치적 삶에 관한 내용이 상당히 풍부한 저작.

CHARLÉTY S., *La Monarchie de Juillet* in *Histoire de la France contemporaine* d'E. Lavisse, t. V, Paris, Hachette, 1921. 오래 된 그러나 아주 귀중한 저작.

DUBY Georges, *Histoire de la France*, Paris, Larousse, 1970. 눈부실 정도로 총괄적인 작품.

DUCHET C. (éd.), *Manuel d'histoire littéraire de la France*, t. 4 et 5, Paris, Éditions Sociales, 1977. 무궁무진한 정보를 담고 있는 책.

BELLANGER C. (dir.), GODECHOT J., GUIRAL P. et TERROU F., *Histoire générale de la presse française*, t. 2, Paris, PUF, 1969-1976. 언론 문제를 심층적으로 다룬 책.

JARDIN A. et TUDESQ A., *La France des notables(1815-1848)* in *Nouvelle histoire de la France contemporaine*, t. VI et VII, Paris, Seuil, 1973. 포슈판 총서에 들어 있으며 동시대의 귀중한 전체적 그림을 보여 주는 저작.

LÉVEQUE P., *Histoire des forces politiques en France(1789-1880)*, Paris, A. Colin, 1992. 아래 명시된 P. 오리의 저작 총서.

MANENT Pierre, *Histoire intellectuelle du libéralisme*, Paris, Calmann-Lévy, 1987. 자극적인 숙고가 포함된 저작.

ORY P.(dir.), *Nouvelle histoire des idées politiques*, Paris, Hachette, 1987. 새로운 시각에 따라 조목조목 진술된 개요서.

RÉMOND René, *La vie politique en France*, t. 1(1789-1848), 1965, et t. 2(1848-1879), Paris, A. Colin, coll. 'U', 1969. 고전적 작품.

SEIGNOBOS C., *La Révolution de 1848. Le Second Empire(1848-1859)* in *Histoire de la France contemporaine* de E. Lavisse, t. VI, Paris, Hachette, 1921. 오래 되긴 했지만 그러나 완벽한 개관서.

TOUCHARD J., *Histoire des idées politiques*, Paris, PUF, 1959. 명확하고 유용한 저작.

• 작가들과 문학적 움직임, 그리고 문학적인 중요 순간들에 관한 연구서

문학과 정치 사상의 관련성에 토대들 둔 모든 연구서들을 여기서 언급한다는 것은 무모한 일일지도 모른다. 아래 인용된 저작들은 다루고자 하는 문제(전기적 · 사회학적 · 미학적 · 등)에 대한 다양한 접근 형태를 제공할 것이다.

BALAYÉ Simone, *Madame de Staël. Lumières et liberté*, Paris, Klinck-sieck, 1983. 스탈 부인에 관해 반드시 읽어야 할 책.

BARBÉRIS Pierre, avant-propos de *Lucien Leuwen* et avant-propos de *La Chartreuse de Parme*, Paris, Livre Club Diderot, 1974. 정치 참여적인 활기찬 사상.

BARBÉRIS Pierre, *Balzac et le Mal du siècle*, Paris, Gallimard, 1970. 발자크식 비평과 마르크스적 영감에 관한 훌륭한 참고 서적.

BARBÉRIS Pierre, introduction de *Dominique*, Paris, Flammarion, 1987. 전통적으로 정치적 문제에 민감한 이 소설의 재평가.

BARBÉRIS Pierre, *Le Prince et le Marchand*, Paris, Fayard, 1980. 역사 · 정치 · 소설 사이의 관계에 있어서 흥미로운 저작.

BÉNICHOU Paul, ⟨Jeune-France et Bousingots. Essai de mise au point⟩, in *Revue d'histoire littéraire de la France*, 1971. 1830년의 문제에 관해서 예리하면서도 분명한 저작.

BÉNICHOU Paul, *Le Sacre de l'écrivain*, Paris, Corti, 1973.

BÉNICHOU Paul, *L'École du désenchantement*, Paris, Gallimard, 1992. 거의 알려지지 않은 무수한 텍스트들을 참조하고 알려 주는 저작물.

BURTON Richard, *Baudelaire and the Second Republic. Writing and Revolution*, Oxford, Clarendon Press, 1991. 보들레르에 대한 인식을 열정적으로 재해석한 저작.

CASSAGNE Albert, *La Théorie de l'art pour l'art en France*, Paris, L. Dorbon, 1959. 오래 되었지만 유익한 정보로 가득 찬 저작.

CHOLLET Roland, *Balzac journaliste : le tournant de 1830*, Paris, Klincksieck, 1983. 신문기자 발자크에 대한 지식을 천착하기 위한 저작.

CROUZET Michel, 〈L'apolitisme stendhalien〉, in *Romantisme et politique*, Paris, A. Colin, 1969. 평판 높은 스탕달 연구론.

CROUZET Michel, 〈Stendhal et le politique〉, in *L'Arc* n° 88, 1983. 읽어 볼 것.

DELABROY Jean, 〈L'accent de l'histoire. Sur 1848 et *Les Misérables* de Victor Hugo〉 in *Hugo/Les Misérables*, éd. G. Rosa, Paris, Klincksieck, 1995. 손으로 쓰여진 원고의 독서가 어떻게 한 작가의 정치적 진화 과정을 밝힐 수 있는가를 말해 주는 책.

DUCHET Claude, 〈Musset et la politique〉 in *Revue d'histoire littéraire de la France*, n° 108, 1962. 사회-전기적인 해석.

FLOTTES Pierre, *Histoire de la poésie politique et sociale en France de 1815 à 1839*, Paris, La Pensée universelle, 1976. 인용할 무수한 정보가 들어있는 대단히 박식한 저작.

GAUCHERON Jacques, 〈Ombres et lueur de l'art pour l'art〉, in *Europe*, mai 1979. 흥미로운 문제 제기.

GUISE R., GRANER M. et DURAND-DESSERT L., 〈Des *Mystères de Paris* aux *Mystères du peuple*〉, in *Europe*, mars-avril 1977. 종종 소외된 한 작가에 대한 풍부한 해석.

GUYON Bernard, *La Pensée politique et sociale de Balzac*, Paris, A. Colin, 1967. 획기적인 논문.

HECQUET Michèle, *Poétique de la parabole. Les Romans socialistes de George Sand(1840-1845)*, Paris, Klincksieck, 1992. 대단히 확실한 자료로 재수정한 저작.

MILLET Claude, 〈Amphibologie: le génie, le passant, la philosophie, l'histoire〉, in *Les Misérables. Nommer l'innommable*, Orléans, Paradigme, 1994. 언어와 정치에 관한 저작.

MILLET Claude, ⟨La politique dans *La Légende des siècles*⟩, in *La Pensée*, n° 245, 1985. 역사와 정치를 다룬 저작.

OEHLER Dolf, *Le Spleen contre l'oubli. Juin 1848*, Paris, Payot, 1996. 1848년 혁명이 제2제정의 문학에 준 충격을 최근에 재평가한 저작.

QUÉFFELEC Lise, *Le Roman-Feuilleton français au XIXᵉ siècle*, Paris, PUF, 1989. 신문·잡지의 문예란과 정치 관계에 관한 몇 가지 숙고.

ROSA Guy, ⟨Comment on devient républicain ou Hugo représentant du peuple⟩, in *Revue des sciences humaines*, t. XXXIX, n° 156, oct.-déc. 1974, pp. 653-670. 제2공화국하에서의 위고의 정치적 발전 과정에 관한 심층적 분석.

ROSA Guy, Présentation de *Quatrevingt-treize*, in *Œuvres complètes* de Victor Hugo, t. XV, Club français du livre, 1970, pp. 229-260. 위고에게 있어서 정치의 의미에 관해 문제를 제기한 저작.

SARTRE Jean-Paul, *L'Idiot de la famille. Gustave Flaubert de 1821 à 1857*, Paris, éd. Gallimard, 1971-1972, 3 vol. 특히 제3권, ⟨Le Second Empire comme névrose⟩를 볼 것.

SEEBACHER Jacques, Introduction des *Châtiments*, Garnier-Flammarion, 1979. 정치 연설과 의미의 심층화의 목적.

UBERSFELD Anne, *Le Drame romantique*, Paris, Belin, 1993. 연극 기획의 정치적 중요성이 언급되어 있는 저작.

YARROW P. J., *La Pensée politique et religieuse de Barbey d'Aurevilly*, Paris, Minard, 1961. 대단히 전통적인 시각을 지닌 정보 차원에서의 유익한 저작.

역자 후기

프랑스의 역사에서 대혁명의 영향력은 단순히 역사학적 분야로만 국한되지는 않는다. 프랑스 대혁명은 인류 역사상 최초의 근대적 정신의 발현의 시발점으로서 간주되어야 마땅하다. 즉 오랜 봉건 시대의 고전주의적·집단주의적 정신이 인간성의 발견이라는 개인주의적 근대 정신으로 이행함으로써 프랑스 사회는 일찍이 그 이전에 경험해 보지 못했던 심각한 변화의 소용돌이에 휘말리게 되었던 것이다.

우선 정치적·사회적 측면에서 기본적 구조가 재편된다. 사회의 주원동력이 앙시앵레짐을 토대로 삼고 있던 국왕과 소수의 특권 귀족들로부터 부르주아층으로 이행해 감으로써 부르주아는 이전의 소수 특권층을 대체하는 새로운 정치적·사회적 세력으로 등장한다. 경제적 측면에서도 증기기관의 발전과 함께 대량생산 수단을 향유한 부르주아가 엄청난 부를 축적하면서 19세기 프랑스 경제의 주축을 형성한다. 그러나 거대자본과 대량생산으로 인한 자본주의의 비약적 발전은 상대적으로 자본이 빈약한 사람들이나 하층 계급과의 충돌을 야기함으로써 사회 계층간의 반목·불화·갈등을 심화시키는 비극적 상황을 연출하기도 한다. 이러한 변화와 더불어 대혁명은 문예와 학술 분야에 있어서도 지식과 정보의 공유 대상의 범위를 소수의 귀족들로부터 일반 대중들에게로 확장시켰다는 평가를 받는다. 말하자면 앙시앵레짐하의 소수 특권층의 전유물이던 지식과 정보가 다수의 시민들과 부르주아층에 확산됨으로써 문예와 학술 분야는 양적·질적으로 많은 발전을 이룰 수 있었던 것이다.

이러한 지식과 정보의 확산은 새로운 시민 세력으로 성장한 부르주아층의 지식에 대한 욕구가 가장 강력한 동인이었으며, 그 동인에 추진력을 불어넣은 것이 바로 각종 신문과 문예지였다. 그러나 이 매체들은 단순히 학술적·문예적 지식과 정보를 전달하는 역할의 장만을 수행한 것이 아니라 일반 대중들의 의견을 취합하고 총합하여 정치적 견해를 형성하는 여론의 장이라는 또 다른 역할을 담당하기도 했던 것이다. 이쯤에서 우리는 프랑스의 문학과 정치의 불가분의 관계를 깨달을 수 있을 것이다. 아울러 프랑스 대혁명 이후 프랑스 문학에 출현한 다양한 사조 또한 문학 자체의 성숙만으로는 설명하기 어려운 부분이 있다. 말하자면 문학이 사회의 일반적 현상을 반영하는 것이라고 가정한다면, 다양한 문예사조의 출현 또한 문학 자체의 발전 과정에서 나타나는 것이 아니라 사회 전체의 변동과 맞물려 이루어지고 있음을 깨달아야 하는 것이다. 유례없는 정치적·사회적 격변에 따라 수많은 다양한 정치 체제가 들어섰고, 사회적 현실을 반영하는 문학 또한 이전 시대보다 더욱 다양한 문예사조가 필요했을지도 모른다. 결국 문학과 정치는 별개의 영역에서 독자적으로 진화 과정을 거친 것이 아니라 서로가 서로의 영역에 통합되고 동시에 서로에게 영향을 미치는 복합적 관계를 공유하고 있었다는 것이다.

본서의 저자인 폴 프티티에는 문학과 정치의 이러한 통합적 관계에 주목한다. 그리하여 그는 각 장르의 문학작품 속에서 정치와 정치 사상이 어떻게 표현되고 있는지를 규명해 보고자 노력했다. 이를 위해 19세기의 다양한 정치 체제하의 상황을 고려하면서 동시기의 주요 문학작품들을 살펴보고 그 작품들의 행간에 숨어 있는 정치적 메시지가 독자들에게 시사하는 바가 무엇인지를 탐구하고자 시도했던 것이다.

우선 저자는 본서에서 대혁명으로 인한 문학의 혁명을 언급한다. 정치적 변동의 영향을 받은 문학이 정치에 적용된 이유를 설명하고 무수한 미학적 운동과 정치의 관련성을 탐구하면서 문학의 현실참여의 의미를 밝혀낸다. 저자에 의하면, 프랑스 대혁명 이후의 가장 큰 변화는 문학을 향유하는 독자층의 범위가 확장되었듯이 정치를 논하고 정치를 소유하는 범위도 넓어졌다는 것이다. 대혁명 이전 시대의 소수 귀족이라는 수취인만을 지니고 있던 정치도, 문학도 이제는 더 이상 소수의 전유물이 아닌 보다 보편적이고 광범위한 수취인을 지니게 되었다. 문학을 논하는 살롱에서 정치는 누구나가 즐기는 자연스럽고도 친근한 주제가 되었으며, 정치의 장으로 문학이 침투함으로써——예를 들면 검열을 피하기 위해 정치가 문학을 이용한다든지, 문학이 정치적 여론의 장을 형성한다든지 한다든지, 혹은 작가들이 정치인으로 활동하는 등——문학과 정치는 그 성격상 분리되어 있으면서도 시대적인 상황으로 결코 분리될 수 없는 상호 보완적이며 통합적인 성격을 지니고 있다고 저자는 주장한다. 그리고 자신의 주장을 입증하기 위해 다양한 장르의 많은 텍스트를 원용하면서 그 텍스트에 나타난 정치 사상들을 세부적으로 천착한다. 결국 본서는 방법론적인 측면에서 미학적 이론들과 다양한 장르, 그리고 문예작품들의 정치적 목적을 파악하기 위한 서술의 구성 요소들을 동원하여 문학 텍스트와 그 속에 표현된 정치 사상들 사이에 존재하는 다양한 관련성을 해부·조명하는 것을 목적으로 한다. 그리고 저자의 심층적 해부와 분석을 통해 독자들은 19세기의 문학과 정치 사상의 차원을 넘어서서 동시대 프랑스인들의 삶의 양식과 그 궤적까지도 파악할 수 있을 것이다.

이 종 민

이종민

프랑스 툴루즈 제2대학에서 프로방스 지역 문화에 관한 연구
로 석사 · 박사학위 취득
주요 논문: 〈Un certain regard sur les aspects de la France du
XIXᵉ siècle dans les textes porven aux d'A. Daudet〉(박사학
위 논문) · 〈Lamartine, Le Dieu et la Nature〉(석사학위 논문) ·
〈알퐁스 도데의 작품에 나타난 등장인물들에 관한 고찰——
Lettres de mon moulin을 중심으로〉《세계사상》 제4호, 1998) ·
《Les images du soleil dans Numa Roumestan》(님 도데 연구회
학회지 2000 -2001, 제2호)
저서: 《알퐁스 도데와 프로방스》(동문선, 1997)
주요 역서: 《창부》(알랭 코르뱅, 1995) · 《성애의 사회사》(자크
솔레, 1996) · 《죽음의 역사》(필리프 아리에스, 1997) · 《모더니
티 입문》(앙리 르페브르, 1998) · 《문학과 정치 사상》(폴 프티티
에, 2002) · 《지중해》(페르낭 브로델, 전5권, 근간 예정)

현대신서
120

문학과 정치 사상

초판발행 : 2002년 10월 10일

지은이 : 폴 프티티에
옮긴이 : 李宗旼
펴낸이 : 辛成大
펴낸곳 : 東文選

제10-64호, 78. 12. 16 등록
110-300 서울 종로구 관훈동 74
전화 : 737-2795

ISBN 89-8038-249-9 94800
ISBN 89-8038-050-X (현대신서)

東文選 現代新書 72

문학논술

장 파프 / 다니엘 로쉬

권종분 옮김

의사 소통을 하기 위해 우리 인간은 자신의 신체, 목소리, 손을 이용해 의사 표현을 한다. 그리고 글을 쓸 때, 특별히 한 손을 사용한다. 글을 쓴다는 것은 단순히 손동작만으로 충분하지 않다는 것쯤은 누구나 잘 알 것이다. 간단히 말하자면, 글로 표현한다는 것은 자신의 생각을 다듬어서 논리적으로 기술한다는 것일 수 있다. 특히 수능 시험과 같이 논술을 요구하는 상황에서 더욱 그러하다. 그러나 아직까지는 논술이란 용어가 우리에겐 국민 윤리만큼이나 이론적이다. 그런 의미에서 이 책은 한편으론 논술에 필요한 구체적이고 상세한 상황들을 제시하며, 다른 한편으론 각 장르별 문학 작품을 통한 논술의 실행으로 우리의 이해를 돕고 있다.

이 책은 문학논술의 기술적인 측면에 접근하기 위한 방법론적 지침서를 제안한다. 각각의 단계들은——주제 분석, 문제점에 대한 정의, 개요 구성과 작문——전개된 예문들로 설명된 명확한 도움말의 대상이 된다. 일반적 주제, 또는 특별한 작품에 해당하는 8개의 주제가 해석·논의된다. 복잡하고 자주 두려움을 주는 연습 규칙들을 설명하면서, 이 책은 학생들에게 그것들을 자유자재로 다룰 수 있는 가능성을 주고자 하는 것이다.

東文選 現代新書 4

문학이론

조너선 컬러

이은경 · 임옥희 옮김

　문학이론에 관한 많은 입문서들이 일련의 비평 '학파'를 기술한다. 이론은 각각의 이론적인 입장과 실천으로 인해 일련의 상호 경쟁하는 '접근방법'으로 다루어진다. 하지만 입문서에서 밝힌 이론적인 운동——구조주의, 해체론, 페미니즘, 정신분석학, 마르크스주의, 신역사주의——은 많은 공통점을 가지고 있다. 이런 공통점 때문에 사람들은 단지 특수한 이론들에 관해서가 아니라 '이론'에 관해 논의할 수 있게 된다. 이론을 소개하려면, 이론적인 학파를 죽 개괄하기보다는 문제의식을 같이하는 질문과 주장, 하나의 '학파'를 다른 학파와 대비시키지 않는 중요한 논쟁, 이론적인 운동 내에서의 현저한 차이를 논의하는 것이 훨씬 낫다. 현대 이론을 일련의 경쟁하는 접근방법이나 해석방식으로 다루는 것은 이론이 갖는 많은 관심사와 힘을 놓치는 것이다. 이론의 관심사와 힘은 상식에 대한 폭넓은 도전으로부터, 그리고 의미의 생산과 인간 주체의 창조에 관한 탐구로부터 기인한다. 본서는 일련의 주제를 택하여, 이들 주제에 관한 중요한 문제와 논쟁에 초점을 맞추고, 또한 필자가 생각하기에 여태껏 연구되어 왔던 것에 초점을 맞추도록 했다. 그리고 부록으로 주요 비평학파나 이론적인 운동을 간략하게 개괄해 놓았다.